LE CHÂTEAU DE TOUS LES DANGERS

PHILIPPE BARBEAU
ROGER JUDENNE

RAGEOT

Couverture de Thierry Alba.

ISBN 978-2-7002-3143-4
ISSN 1766-3016

PROLOGUE

Jules ne me croira jamais. Quand il lira que l'enfant a plongé sa main dans le seau, qu'il a saisi un poisson vivant et l'a mangé cru, il pensera que j'ai inventé. Pourtant, je l'ai bien vu : l'enfant a pris le gardon frétillant, l'a porté à sa bouche et a mordu dedans à pleines dents. C'est sûr, Jules dira : « Justine, à la fin de l'année, on s'est promis de tenir le journal de nos vacances et de se l'échanger, pas d'écrire une histoire imaginaire. »

Dès mon retour, je noterai tout sur l'ordinateur de mes grands-parents, dans le bureau qui devient ma chambre pendant les vacances.

Sur le coup, j'étais stupéfaite. Un enfant ne croque pas la chair froide d'un poisson vivant qui vient d'être pêché. Mais je n'ai pas rêvé ; j'ai vu le poisson qui dépassait de sa bouche et j'ai entendu ses dents le broyer. Il avait des écailles argentées sur les lèvres et mâchait la chair crue gloutonnement, en me regardant de ses grands yeux étranges. Avec son crâne rasé et la robe bleue qui lui tombait jusqu'aux pieds, il avait l'air d'un extraterrestre. Il a dégluti péniblement, à cause des arêtes sans doute. Puis il a ébauché une grimace très bizarre. J'ai senti dans ma propre bouche le goût répugnant du poisson cru. Un court instant, j'ai eu la sensation du jus de cette chair froide et gluante dans ma gorge. Ça m'a donné un haut-le-cœur, j'ai porté la main à mes lèvres et j'ai fermé les yeux.

Quand j'ai à nouveau regardé, l'enfant tenait la tête du poisson entre ses dents et il tirait sur la queue pour qu'elle se détache…

J'ai poussé un cri. C'est à ce moment qu'il s'est enfui.

1

Mes grands-parents habitent en Sologne. J'adore passer les vacances chez eux. Il y a les chemins où je peux faire du vélo, les tartes aux pommes de Mamy, les balades dans la forêt...

Et puis il y a la pêche. Mon grand-père est un mordu. Il connaît tous les poissons et toutes les manières de les attraper. Quand il parle des grosses carpes ou des tanches paresseuses qui se reposent dans les étangs, des goujons ou des ablettes dont les écailles brillent au milieu des reflets de la Sauldre, de la grenouille verte qui guette les insectes cachés dans les roseaux, du redoutable brochet, de la perche arc-en-ciel ou des gardons, j'ai l'impression de lire un recueil de poésies. Il sait aussi où il faut se cacher pour observer un vol de canards sauvages ou les plongeons des cormorans. Il m'entraîne silencieusement dans les hautes touffes de joncs pour épier le héron cendré, la minuscule sarcelle ou le superbe martin-pêcheur.

« La pêche, c'est respirer la nature ! » répète-t-il souvent. Mais il le dit surtout pour excuser nos fréquents retards quand Mamy bougonne parce qu'on a oublié l'heure, que le repas attend et qu'elle ne sait plus quoi inventer pour empêcher le poulet rôti de ressembler à du charbon de bois.

Je suis arrivée hier soir. Mes grands-parents ont passé deux jours à la maison puis ils m'ont ramenée. J'ai treize ans et maintenant, je pourrais voyager seule en train mais c'est chaque année pareil : ils ont l'habitude de venir me chercher. Ils seraient trop tristes si je leur disais que je peux me passer d'eux.

Mes parents travaillent. On partira ensemble en août. Je passe donc tout le mois de juillet au hameau du Grand-Maleray, sur la commune de Coupigny-sur-Sauldre. Là, je vais retrouver Cendrine, une voisine journaliste qui travaille à Orléans et je m'en réjouis. J'ai fait sa connaissance l'an dernier. Elle venait juste d'emménager. Elle est rigolote, sympa et j'adore discuter avec elle, surtout de son métier.

– Place ta ligne un peu plus sur la gauche, me conseille Paul. J'ai amorcé hier soir. M'étonnerait qu'il n'y ait pas quelques carpes dans les environs.

Depuis toute petite, j'appelle ma grand-mère Mamy, mais mon grand-père, je l'appelle Paul, comme maman. Une habitude dans la famille.

En ce moment, Paul est assis sur sa caisse de matériel de pêche et surveille les deux lignes mouillées dans l'étang. Je suis à une dizaine de mètres de lui, assise près de la bonde. Je n'ai pas encore pris un seul poisson alors qu'il a déjà sorti une douzaine de carpillons et de perches arc-en-ciel.

– Je n'ai peut-être pas assez de fond, dis-je pour expliquer mon score nul.

– Remonte un peu ton bouchon, me souffle Paul à voix basse. Mais surtout, arrête de bouger. Pour bien pêcher, il faut être patient, silencieux et immobile.

Je sors ma ligne et change la place du bouchon. Je vérifie ensuite que le ver est toujours fixé à l'hameçon et je relance. Mon bouchon danse un instant sur l'eau avant de s'immobiliser. L'attente recommence.

– Et hop ! murmure Paul, encore un !

La lumière est belle. Là-bas, sous les grands saules, une bande de colverts s'ébroue. Leurs ailes frappent la surface à un rythme rapide.

Sur la berge, une poule d'eau et ses petits marchent à pas prudents. Je les regarde et j'en oublie mon bouchon.

– Ton copain Jules, tu seras encore avec lui en classe l'an prochain ?

Tiens ! Je croyais qu'il fallait pêcher en silence...

– Normalement oui, vu qu'on fait du latin tous les deux. Mais tu sais, au collège, on n'est jamais vraiment sûr.

– Alors tu pourras écrire une histoire comme celle que tu m'as donnée. J'ai trouvé qu'elle était drôlement réussie. Vous ne manquez pas d'imagination tous les deux.

– Merci...

Cette année, avec Jules, on a écrit un petit roman policier. Je l'ai tapé sur mon ordinateur et maman l'a relié au bureau. On dirait un vrai livre. Jules et moi, on s'entend bien. Des fois, je me demande si on n'est pas amoureux...

En tout cas, on s'apprécie vraiment et la perspective d'être séparés pendant les vacances nous pesait. Alors on a décidé d'écrire notre journal chacun de notre côté et de le faire lire à l'autre une fois qu'il serait terminé.

Paul sort une petite tanche vert doré. Et moi, toujours rien. Je le regarde mettre son poisson dans la bourriche, accrocher un ver et s'immobiliser à nouveau.

La surface de l'étang est plate comme un miroir. À part les canards qui poursuivent leur toilette, rien ne bouge. Paul se rend compte que je commence à trouver le temps long.

– Va faire un tour à la rivière, me suggère-t-il. Elle est pleine de gardons et de perches arc-en-ciel.

– Avec cette ligne-là ?

– Non. Tu risques d'emmêler ton fil dans les branches. J'étais sûr que tu aurais la bougeotte, alors j'ai préparé une petite canne. Elle est au pied des arbres. Prends des vers et le seau pour mettre tes poissons, sinon tu seras obligée de revenir ici toutes les deux minutes.

– Tu crois que je vais en attraper tant que ça !

Je saisis le seau, la petite canne.

– Si j'en pêche un trop gros, je t'appelle. Tu viendras, hein ?

– Avec l'épuisette... répond-il en riant avant d'ajouter : Ne t'éloigne pas trop.

Je me dirige vers la rivière. Elle n'est pas très large, la Sauldre. Des touffes d'aulne la bordent et j'entends le murmure du courant sur les pierres. Encore quelques mètres et j'arrive à une trouée. Le lit de la rivière est encombré de branches mortes. Là, il y a peut-être des perches, mais dans deux minutes j'aurai cassé ma ligne.

Je poursuis mon chemin et je découvre le coin idéal. Je pose mon seau sur le bord du chemin, j'accroche un ver à l'hameçon et je m'approche silencieusement de la rive.

Je vois les poissons fouiller le fond de graviers à la recherche de larves. Je tends ma ligne en amont et je laisse descendre lentement le ver. Dès qu'il passe devant le nez des poissons, ils se précipitent. Mon bouchon pique vers le fond. Je ferre et je tire doucement. Le fil se tend.

En voilà enfin un ! Une perche arc-en-ciel.

Je remonte jusqu'au sentier, décroche le poisson et le mets dans le seau. Il bouge un instant, puis s'immobilise. Le soleil qui perce le feuillage met en valeur les verts, jaunes et orange de ses écailles.

Au suivant !

J'accroche un ver à l'hameçon et je redescends vers la Sauldre. Le remue-ménage que la perche a fait en sortant de l'eau n'a guère effrayé les autres poissons qui, imperturbables, fouillent les graviers. Dès que le ver passe à leur portée, ils se jettent sur lui et j'en sors un second.

Voilà la pêche que j'aime. Il y a du mouvement !

Je prends une dizaine de poissons en un quart d'heure. Des perches et des gardons. Évidemment, les prises deviennent de plus en plus difficiles. Un beau poisson argenté s'arrête près d'une grosse pierre quelques mètres plus bas. J'essaie de placer mon appât dans le courant pour qu'il passe près de lui. Mais le courant est imprévisible. La ligne s'éloigne vers les hautes herbes et ce n'est qu'à la cinquième tentative que le ver passe là où je l'espérais. Il s'approche du poisson immobile et indifférent, le frôle, le dépasse.

Je suis prête à lever ma ligne quand il se retourne subitement et, en un éclair, se jette sur l'hameçon. Je sens son attaque dans mon poignet. Je tire. Le poisson s'éloigne, revient, plonge. La pointe de ma canne se courbe.

J'en tiens un beau ! Enfin, j'espère le tenir... Pourvu que le fil ne casse pas.

Il me faut plusieurs minutes pour l'amener à la surface mais, dès qu'il a la bouche hors de l'eau, il se laisse soulever sans trop se débattre.

Paul va être drôlement étonné.

Je pose le poisson dans l'herbe. Je le décroche et le saisis à deux mains. C'est un gros, un très gros gardon. Je le reconnais à ses nageoires rouge orangé. Je le soupèse puis je remonte vers le sentier pour le mettre dans le seau.

C'est à cet instant que je surprends l'enfant. Ou plutôt qu'il me surprend. Il est accroupi près du seau et il dévore tout cru un de mes poissons.

Horrifiée, je ferme les yeux.

Quand je les rouvre, je pousse un cri. Il se lève et détale. En une fraction de seconde, il disparaît dans les fourrés. Je remarque alors ses pieds nus.

Mon cœur bat à tout rompre et je suis incapable de bouger. J'essaie de reprendre mon souffle.

Pendant un long moment, je me demande si je n'ai pas été victime d'une hallucination. Mais non, la fuite précipitée de l'enfant a tracé un sentier dans les herbes.

Je suis horrifiée et pourtant je ne me sens pas en danger. Il était trop jeune, trop fragile pour me menacer. Il ressemblait à une bête affamée. La peur, c'est plutôt lui qui l'a ressentie. Est-ce un garçon, une fille? Mystère. Quel âge a-t-il? Sept, huit ans peut-être. Difficile à dire. En tout cas, il avait faim. Sinon comment aurait-il pu dévorer un poisson vivant? Le seul fait d'y penser me donne des frissons.

Petit à petit, je me remets de mes émotions. L'asphyxie menace le gardon qui se débat entre mes mains. Il faut que je le remette à l'eau.

Le jeter dans le seau me permettrait de le montrer à Paul, mais la seule pensée que l'enfant à la tunique bleue puisse revenir et s'en emparer me pousse à le rendre à la rivière. De toute façon, à la fin de la partie de pêche, Paul et moi nous remettons toujours nos prises dans l'étang.

Je m'accroupis sur la rive et plonge le gardon dans l'eau. Ses branchies s'ouvrent et se ferment puis, quand il a repris un peu d'oxygène, il donne quelques coups de nageoires et regagne le fond.

Je remonte sur le sentier. Malgré moi, mon regard suit le passage que l'enfant a tracé en s'enfuyant. D'où peut-il venir ? À quelle famille bizarre appartient-il pour se comporter ainsi ?

Le mystère aiguise ma curiosité. Je ramasse un bâton. Il me servira à écarter ronces et orties, et puis en cas de danger...

J'arrive à l'orée. Des buissons forment une haie très large et très épaisse, mais la trace de son passage est bien visible. Je la suis. Des plantes me piquent les jambes.

Soudain, un trou de lumière m'accueille, comme la sortie d'un tunnel. Des fils de fer barbelés et un grillage à moutons m'arrêtent. Un passage a été aménagé au ras du sol. Sans doute l'enfant a-t-il soulevé la clôture pour se glisser en dessous...

Une vaste prairie où des moutons paissent tranquillement s'étend devant moi. Au loin, un château côtoie des bosquets majestueux. Ce n'est pas un château fort ni un château Renaissance comme on en voit dans la vallée de la Loire. C'est un château tel qu'on en rencontre en Sologne, construit sans doute au XIXe siècle par un riche industriel.

Se reflétant dans le coude que fait la Sauldre, une gigantesque statue se dresse dans le parc, atteignant presque la cime du toit. Elle est coiffée d'un chapeau doré qui ressemble à celui de l'enchanteur Merlin et porte une longue tunique bleue couverte d'étoiles brillantes. Un voile percé de deux trous pour les yeux descend du chapeau, ne laissant paraître que le menton et les lèvres.

Des adultes et quelques enfants, vêtus d'une tunique du même bleu que la statue, tournent lentement autour de l'idole, un flambeau allumé à la main.

Je crois percevoir un chant sourd et monocorde.

Qui sont-ils ?

2

Je ne parle pas de ma découverte à mes grands-parents, sinon ils m'interdiraient de retourner au château et je veux conserver une chance de revoir l'enfant.

Ces vacances débutent très fort. Un pareil mystère au Grand-Maleray, c'est incroyable !

Car le Grand-Maleray est minuscule malgré son nom. Il y a la maison de mes grands-parents, celle de Cendrine, une résidence secondaire presque toujours fermée, deux granges qui servaient autrefois à abriter le foin et un grand lavoir juste au bord de la rivière.

Mamy m'a parlé des lavandières qui y travaillaient au siècle dernier, de la beauté du spectacle, de la dureté du travail. Paul y remise sa barque ; elle est petite, mais j'adore quand on la prend pour se promener sur la Sauldre.

Un peu à l'écart, se trouve la maison des Gronchebourg. Des retraités, comme mes grands-parents. Ils sont gentils, mais Paul dit toujours qu'ils mènent une vie à part et qu'il est difficile de lier amitié avec eux. De temps en temps, il parle avec Émile qui fait un peu de menuiserie. Il lui a demandé de l'aider à réparer la barque, mais le travail n'avance guère.

– Le pauvre, je n'ose pas le bousculer, me confie-t-il sur le chemin du retour. Il a bien du souci. Sa femme a un cancer. On ne la voit guère. Elle n'a plus de cheveux. La chimiothérapie... D'habitude, les femmes qui suivent un tel traitement portent une perruque ou un foulard. Pas elle. C'est peut-être pour qu'elle en souffre moins qu'Émile se rase le crâne.

– Tu crois que c'est à cause de sa maladie qu'ils ne viennent pas vous voir ?

– Non. Ça a toujours été ainsi. On ne leur connaît pas d'amis. Ils vivent presque cloîtrés dans leur maison. Même leur chien est discret. J'ai dû insister pour la barque...

Quand on arrive à la maison, un taxi est garé dans la rue et Cendrine est en train de payer le chauffeur. Enfin, je la retrouve ! Je lui saute au cou.

– Mais pourquoi diable as-tu pris un taxi ? interroge Paul en s'approchant.

Tout en m'embrassant, elle explique :

– On vient de me voler ma voiture. J'étais sur le parking de la gare de Fleury-les-Aubrais. J'attendais un collègue...

Le taxi repart.

Mamy sort de la maison et vient à notre rencontre, la baguette de Cendrine à la main (c'est elle qui lui achète son pain, car elle n'est jamais là quand passe la camionnette du boulanger). Cendrine se tourne vers elle et poursuit :

– J'étais assise au volant. Le parking de la gare était désert. Un homme s'est avancé vers moi. Je n'ai pas vraiment prêté attention à lui. Quand il est arrivé à ma hauteur, il a brusquement ouvert la portière, m'a saisi le bras et m'a tirée à l'extérieur. Je n'ai pas eu le temps de dire ouf !

Elle montre ses mains et ses genoux tout écorchés.

– J'ai pris une sacrée bûche. Le temps de me relever, il a mis le moteur en marche et il a démarré sur les chapeaux de roues. J'ai hurlé, mais en vain.

– En plein jour ! s'exclame Mamy.

– Tu as porté plainte ? demande Paul.

– Oui ! Finalement j'ai pu arrêter une dame. Elle avait un portable ; elle a fait le 17 et elle m'a emmenée dans une pharmacie. Ensuite, je suis allée à la police.

– Si tu as besoin de te déplacer, je peux te conduire, propose Paul.

On voit parfois ce genre de scène dans les films, mais je n'arrive pas à croire qu'une telle agression puisse se dérouler dans la réalité. Pauvre Cendrine.

– Évidemment, mon portable était sur le tableau de bord, si bien que je suis aussi en panne de ce côté-là.

– On peut te prêter le nôtre, dit Paul. On s'en sert si peu…

– Tu vas manger avec nous, décrète Mamy. Tu ne peux rien préparer avec des mains dans cet état.

On traverse le jardin. En pénétrant dans la maison, Cendrine ajoute :

– J'avais un dossier sur le siège arrière. Le dossier d'une enquête qui ne plaît pas à tout le monde. Heureusement, ce n'était qu'une photocopie. Je garde toujours mes originaux en lieu sûr.

– Peut-être cherche-t-on à t'intimider, suppose Paul.

– Il ne faut pas exagérer… Je suis sûre que le vol de ma voiture et ce dossier n'ont aucun lien.

Le repas est un bonheur pour moi. Pas pour Cendrine que ses blessures aux mains gênent beaucoup. Mais je la sers, je lui coupe sa viande, je suis aux petits soins pour elle.

Elle m'interroge sur mon année scolaire, elle me dit qu'elle aussi a trouvé l'histoire écrite avec Jules intéressante.

Je lui demande de me parler de son enquête, mais elle reste très évasive.

Je ne m'en offusque pas. J'ai un mois devant moi pour en savoir plus.

Après avoir pris le café, elle retourne chez elle et moi, je m'assieds face à l'ordinateur de Paul.

Je consacre les heures chaudes de l'après-midi à taper mon journal de vacances. Je raconte ma rencontre avec l'enfant, ma découverte du château et le vol de la voiture de Cendrine.

On est convenus avec Jules de ne s'échanger nos journaux qu'à la fin des vacances, histoire d'entretenir le mystère. Mais le mystère est déjà là. Et beaucoup plus fort que celui auquel on pensait.

Je ressens une inquiétude sourde pour Cendrine. Jules est le confident idéal. Je lui enverrai bientôt mon journal par Internet. C'est contraire à ce qu'on avait décidé, mais ce début de vacances sort vraiment de l'ordinaire. Il faut absolument que je partage tout avec lui.

L'après-midi, je fais une tarte aux pommes avec Mamy. On adore pâtisser ensemble. On bavarde. Elle me pose mille questions sur le collège, ma vie à la maison. Et puis elle me raconte ce qui s'est passé à Coupigny depuis les dernières vacances.

Moi qui dis toujours qu'il ne se passe jamais rien ici ! Il lui faut au moins une demi-heure pour m'expliquer comment s'est déroulée la réparation de la toiture à la suite de la dernière tempête.

– Les couvreurs ont été obligés d'enlever la parabole, si bien qu'on a été privés de télévision pendant onze jours. Onze jours, tu te rends compte ! Remarque, ça n'a pas gêné ton grand-père, il préfère lire. Lorsqu'il la regarde, il s'endort au bout de cinq minutes. Mais moi, ça m'a fait rater deux épisodes de mon feuilleton.

Elle commente l'asthme du chat, l'histoire que j'ai écrite avec Jules, puis elle revient sur le vol de la voiture de Cendrine.

Je me remémore la supposition de Paul. Et si quelqu'un cherchait vraiment à intimider Cendrine ?

Son enquête dérange, elle l'a dit. Quand une journaliste mène comme elle une longue enquête, il lui faut intéresser ses lecteurs et pour les captiver, elle a peut-être dérangé des gens qui ne voulaient pas qu'on parle d'eux !

En fin d'après-midi, tandis que Paul soigne ses rosiers, je me promène dans le Grand-Maleray. La porte du lavoir est ouverte et j'entends le feulement d'un rabot. Je passe une tête. Émile est là.

– Bonjour Émile ! Je suis contente de vous revoir.

– Bonjour ma petite Justine. Alors, c'est les vacances ?

Évidemment que c'est les vacances ! La conversation commence très fort.

Il reprend son rabot.

– Elle sera bientôt prête, la barque ?

– Bientôt...

– Forcément, quand il fait chaud, ça donne envie de se balader sur la rivière.

– C'est sûr...

– Vous savez que la voiture de Cendrine a été volée ?

Émile ne répond pas. Le sujet ne doit pas l'intéresser. Et puis, il est du genre silencieux. Il rabote lentement en prenant soin de faire de longs copeaux réguliers. Son crâne nu me fascine.

Je ne sais plus de quoi lui parler. Je n'ose pas lui demander comment va sa femme Georgette.

Je marche dans le lavoir, saute sur les planches, m'agenouille comme les lavandières du temps jadis, plonge mes mains dans l'eau. De grosses manivelles en fer et des chaînes soutiennent le plancher. Je questionne Émile :

– À quoi ça sert ?

Il lève les yeux.

– Parfois, la rivière est haute ; parfois, elle est basse, tout dépend si on est en hiver ou en été, s'il y a eu un orage ou une période de sécheresse. Autrefois, on montait et on descendait le plancher pour que les femmes soient juste à hauteur de l'eau.

– Ah…

J'actionne une manivelle. Le plancher descend d'un côté. Je tourne l'autre. La roue dentée émet un cliquetis cristallin, le niveau du plancher se rétablit.

Impassible, Émile rabote la planche, l'ajuste, jusqu'à ce qu'elle s'emboîte dans l'autre au millimètre près.

Tout à coup, une voix retentit :

– J'ai eu un coup de téléphone ; il faut qu'on se tienne prêts. Le grand voyage, c'est pour plus tôt que prévu.

C'est Georgette. Elle ne m'a pas remarquée. Je me dirige vers elle pour lui dire bonjour. En me voyant, elle paraît contrariée et lance simplement :

– Ah ! Tu étais là, toi !

3

J'ai mal dormi. L'enfant à la tunique bleue a hanté mon sommeil. Il passait, comme un fantôme, avec ses grands yeux étranges, en murmurant d'une voix fatiguée : « Donne-moi un poisson; j'ai faim. S'il te plaît, donne-moi un poisson. » Et j'ai aussi rêvé de l'attaque dont Cendrine a été victime. Son agresseur avait à chaque fois un visage différent, mais il avait toujours la même haine dans le regard.

Je me lève et j'ouvre les volets pour dissiper ces images pénibles. Il fait beau dehors. L'odeur du café et du pain grillé arrive jusque dans ma chambre. Je descends en chemise de nuit.

La porte de la cuisine est largement ouverte sur le jardin. Mes grands-parents sont assis face à face, un panier rempli de petits pois posé entre eux sur la table. Ils les écossent en discutant.

– Tiens, voilà la plus belle ! s'exclame Paul avec un magnifique sourire.

– Alors, ma chérie, as-tu bien dormi ? demande Mamy.

Elle jette les graines dans le plat et la gousse vide sur le journal. Puis elle s'essuie les mains sur son tablier. Je me dirige vers elle pour l'embrasser.

– Comme une marmotte !

Je ne peux pas lui parler de mes cauchemars. Je lui entoure le cou avec mes bras, je la serre et lui donne un gros baiser sonore. Puis je frotte le bout de mon nez sur sa joue, comme quand j'étais petite. Mamy a la peau douce et veloutée. On dirait celle d'un abricot. Paul dit parfois pour plaisanter qu'elle a les joues en peau de fesse de bébé. Elle me caresse les cheveux. Puis j'embrasse Paul.

– Tu vas te régaler, me dit-il, je viens tout juste de les cueillir dans le jardin.

– Mais avant, il faut les écosser, ajoute Mamy. Ils sont si petits qu'il va nous falloir une heure pour remplir le plat !

Mamy se lève et glisse des tartines dans le grille-pain.

– Les petits, c'est meilleur, me murmure Paul en confidence.

Ils sont drôles tous les deux. Les années passent, je grandis, mais ils ne changent pas. À chaque séjour, je retrouve le même univers.

– J'ai du miel frais. Je suis allée chez l'apiculteur avant-hier. Tu en veux ?

– Bien sûr que j'en veux !

– Aujourd'hui, annonce Paul, on va aller aux écrevisses. Ça fait des années que je n'en ai pas pêché. Il y a un bon coin près du pont. J'ai gardé des boyaux de poulet. Il n'y a rien de mieux pour les attirer.

– Tu crois que c'est l'heure de parler de boyaux de poulet ? s'indigne Mamy. Justine n'a pas encore déjeuné. Tu vas lui couper l'appétit.

La pêche aux écrevisses me tente et rien de tel pour me changer les idées. J'ai regardé un documentaire télévisé sur ce sujet.

Je demande :

– On a droit à une ou deux balances chacun ?

– On peut en avoir jusqu'à six mais, pour cette fois, avec une, on aura déjà de quoi s'amuser. Il faut d'abord que tu apprennes à t'en servir.

– J'ai vu comment on s'en sert à la télé.

– Voir et faire, ce n'est pas pareil.

Du vrai pain grillé, je n'en mange qu'en vacances. À la maison, on en consomme du tout prêt qui ne sent rien. Ici, il embaume ! Mamy sert le café au lait, apporte le pot de miel. Quand elle l'ouvre, le parfum des fleurs se joint à ceux du pain et du café... Mamy replonge sa main dans le panier de petits pois.

– Avant que tu descendes, on parlait de ce qui s'est passé cette nuit, dit-elle.

– Une voiture a brûlé dans le chemin qui longe l'étang de la Sauvagère, précise Paul.

– C'est Bernard, un monsieur qui pêche avec ton grand-père de temps en temps, qui l'a découverte. Il a prévenu les gendarmes.

Le mot « gendarmes » me fait frissonner. Quand je vois l'ombre de leurs uniformes, je me sens coupable alors que je n'ai rien à me reprocher, du moins rien qui les intéresse !

– L'étang est profond à cet endroit, ajoute Paul. À mon avis, les types qui ont fait le coup avaient l'intention de la jeter dedans. Mais ils n'ont pas pu, à cause des broussailles.

– Ou bien, le gars était seul et il n'a pas réussi à la pousser.

– Alors il y a mis le feu.

Tandis qu'ils parlent, leurs mains ne cessent de travailler. Les graines de petits pois tombent dans le plat, les gousses s'entassent sur le journal.

– C'était sans doute une voiture volée, conclut Paul.

Mon déjeuner terminé, je me douche puis je remonte dans ma chambre. J'enfile mon tee-shirt aux couleurs des Buffalo Rangers de Chicago. Au moment de passer un short, je me souviens que les rives de la Sauldre sont encombrées de ronces et d'orties. Je l'échange contre un jean.

Et puis je me dis que je suis idiote de ne pas mettre de short, puisque Paul a indiqué qu'on allait aux écrevisses près du pont et que l'endroit est dégagé.

Je reprends donc le short.

Oui, mais si on ne pêche pas au pont, Paul décidera d'aller dans un coin où il y a peut-être des ronces.

En général, je suis très rapide pour me décider. Mais parfois je me transforme en balance, je m'énerve et la mauvaise humeur m'attrape. Je commence à passer le jean, mais je suspends mon geste.

En bas, notre voisine vient d'entrer.

– Bonjour Cendrine. Alors, ces mains ? demande Paul.

– Les mains, ça va. Je peux m'en servir. Mais je manque de sommeil. J'ai cauchemardé toute la nuit.

– Tu aurais pu demander quelques jours de repos, le temps de récupérer, dit Paul.

– Non ! Il faut que j'aille au journal. J'ai des trucs importants à faire. Le problème, c'est que je n'ai plus de voiture.

– Oh, si ce n'est que ça. Je t'emmène. En une heure, je fais l'aller-retour.

– Ça tombe bien, intervient Mamy. Puisque tu te rends à Orléans, rapporte-moi quelques courses. Je n'ai plus de fil à broder, ni de laine. Et c'est l'occasion de passer à l'agence France Télécom pour régler le petit problème sur la facture arrivée hier...

Paul en a au moins pour deux ou trois heures. Adieu la pêche aux écrevisses ! Et si je les accompagnais ? Comme ça, je serais un peu avec Cendrine.

Je descends l'escalier quatre à quatre et j'annonce en arrivant dans la cuisine :

– Je viens avec vous !

Paul prend un air désolé et souffle :

– Tu sais, l'agence France Télécom, ce n'est guère amusant. Je risque d'attendre mon tour...

– Alors j'irai avec Cendrine.

Elle aussi refuse :

– C'est impossible, Justine. Je vais au journal pour travailler !

Prise au dépourvu, je les regarde partir sans protester.

La mauvaise humeur me reprend. Je remonte dans ma chambre. Je me jette à plat ventre sur mon lit en ronchonnant.

Finalement, je m'installe devant le bureau et allume l'ordinateur. Je vais raconter à Jules qu'une voiture a brûlé près de l'étang.

Pendant que je rédige mon journal, ma colère tombe.

Je constate assez rapidement que je n'ai pas grand-chose à dire. Si, la voiture qui a brûlé… mais c'est vite écrit.

Je jette un rapide coup d'œil sur le texte, je referme le fichier et j'éteins l'ordinateur. Je rejoins Mamy.

– J'ai fini les petits pois, m'annonce-t-elle. Je vais étendre le linge dans le jardin. Qu'est-ce que tu as envie de faire en attendant Paul ?

– J'sais pas… il en a pour combien de temps ?

– Dans deux ou trois heures, il sera là. À moins qu'il ne rencontre un ami.

– Je ferais bien un petit tour en vélo. À la maison, maman ne veut pas, à cause de la circulation.

– Elle n'a pas tort. Ici, tu peux, mais sois prudente quand même. Il y a des voitures et avec tous ces vacanciers...

Je retrouve mon vélo soigneusement rangé. En l'enfourchant, je remarque que Paul a remonté la selle. J'ai grandi depuis les dernières vacances, et il y a pensé. Le réglage n'est pas parfait mais ça ira.

Je m'engage sur la route. Cendrine a laissé ses fenêtres ouvertes. Et la grande maison des Parisiens est fermée, comme d'habitude.

Plus bas, dans le virage, je m'arrête au vieux lavoir. J'entre. Personne. La barque retournée est posée sur deux tréteaux.

Je reprends le vélo et m'éloigne en direction de la maison des Gronchebourg. Si Émile est dans son jardin, je lui reparlerai de la barque. Je longe la haie.

Lorsque j'arrive devant le portail, sa maison apparaît, proprette, avec son jardin soigné, sa pelouse tondue, ses haies de buis rectilignes. Les volets sont fermés. Les propriétaires ne sont sans doute pas partis loin ; le chien est attaché et j'entends le cliquetis de sa chaîne quand il sort la tête de sa niche pour voir qui approche. Émile et Georgette sont peut-être à l'hôpital.

Je n'arrive pas vraiment à m'imaginer ce que c'est qu'un cancer. Pour moi, c'est comme le signe du zodiaque : une bête qui ressemble à un crabe aux yeux rouges et qui vous ronge lentement à l'intérieur. La barque devient soudain dérisoire.

Je m'engage sur le chemin qui borde la Sauldre. Je fais le tour de l'étang. Il n'y a personne.

Dès que j'emprunte le sentier où je pêchais hier, l'image de l'enfant qui dévorait le poisson vivant me revient à l'esprit. Je revois le château, la haute statue et toutes ces personnes en tunique bleue qui tournaient autour. Qui sont-elles ? Jamais les gens d'ici n'en parlent. Pas même Paul.

Quand j'arrive à l'endroit où j'avais posé mon seau, je m'arrête et cache mon vélo dans les taillis. Les traces de pas ont disparu. Seules quelques petites branches cassées dans les buissons me prouvent que je n'ai pas rêvé.

J'avance, les bras devant mon visage pour protéger mes yeux et je découvre un étrange spectacle au bord de la rivière. Je fais un pas de côté et me dissimule dans la végétation.

Un groupe d'adultes et d'enfants vêtus de tuniques bleues est entré dans la Sauldre. Certains ont de l'eau jusqu'aux genoux, tous restent immobiles. Je les observe pendant de longues minutes.

Puis un homme remonte sur la berge. Il est grand, chauve, et porte un masque blanc coupé sous le nez, laissant libres ses lèvres et son menton. Il prononce des paroles que je ne comprends pas.

Tous se retournent et lui font face. Alors l'homme entonne une mélopée triste aux intonations sourdes. Le groupe chante à son tour en faisant des gestes mystérieux.

Tous prennent de l'eau dans leurs mains, puis ils la font couler sur leur tête et de longues traînées sombres se dessinent sur leurs tuniques. Leurs mouvements sont mécaniques et maladroits. On dirait un spectacle d'automates.

L'homme au masque blanc reprend sa mélopée. Il me donne des frissons dans le dos. On dirait qu'il hypnotise ses… adeptes.

Au moment où je pense « adepte », un autre mot s'impose à moi : « secte ». Je me sens mal à l'aise. J'amorce un pas en arrière pour rebrousser chemin quand les adeptes lèvent les bras et la tête vers le ciel en clamant :

– Bérénice, Bérénice…

Alors je crois reconnaître l'enfant qui mangeait le poisson vivant et, parmi les adultes, Émile et Georgette.

Je rentre à la maison à toute vitesse. Cette cérémonie m'a effrayée. Il faut que j'en parle à Paul et Mamy.

Il n'est pas possible qu'ils ignorent ce qui se passe à un kilomètre de chez eux, même si le château est une propriété privée habitée par des gens discrets qui ne fréquentent jamais les habitants du village. Tant pis si Mamy me fait remarquer que je me suis trop éloignée. Par contre, je ne sais pas si je leur parlerai d'Émile et de Georgette. Est-ce que c'était bien eux ? Avec les tuniques, je peux facilement me tromper.

Je contourne l'étang, dévale le chemin et pédale à toute vitesse jusqu'au Grand-Maleray.

Quand je sors du virage, je découvre la camionnette bleue des gendarmes garée devant la maison de Cendrine. Ils parlent avec Mamy. Je ralentis. Ils sont sur le point de partir lorsque je m'arrête. L'un d'eux me lance :

– Alors, ces vacances, ça se passe bien ?

– Oui... oui...

Ils s'éloignent. Je m'approche de Mamy.

– Ils ont retrouvé la voiture de Cendrine, m'explique-t-elle. C'est celle qui a brûlé cette nuit au bord de l'étang de la Sauvagère.

Finalement, j'ai décidé de ne pas parler de la cérémonie à Mamy, ni à Paul qui a passé toute la matinée à Orléans.

J'ai profité de son absence pour écrire la suite de mon journal. Je ne pouvais pas résister plus longtemps au plaisir d'annoncer à Jules que la voiture de Cendrine avait brûlé ! Je vais certainement l'épater et c'est... épatant. Le secret perd sa pesanteur et puis, le partager avec son meilleur copain ajoute au mystère.

À son retour, Paul nous explique qu'il a quelque peu peiné à trouver le fil à broder que Mamy lui a demandé et qu'il a fait la queue à l'agence France Télécom.

– Et j'ai dû attendre Cendrine, se justifie-t-il. Elle a été retenue beaucoup plus longtemps que prévu à son journal.

Je questionne :

– Qu'est-ce qu'elle a fait pendant des heures au journal ?

– Elle m'a dit qu'elle avait eu une très longue discussion avec son rédacteur en chef. Cet après-midi, je dois l'emmener chez les gendarmes. Elle a fait sa déclaration de vol aux policiers des Aubrais mais elle doit voir les gendarmes qui ont constaté l'incendie de sa voiture...

– Je pourrai venir avec vous ?

– Je ne crois pas que ce soit ta place ! Tu sais, moi, j'attendrai dans l'auto. Ce que Cendrine a à dire aux gendarmes ne me regarde pas...

J'affiche une moue déçue.

– Je t'apprendrai à pêcher les écrevisses quand je reviendrai, reprend Paul.

– Pourquoi ne lui montres-tu pas après le repas ? intervient Mamy. Indique-lui l'endroit et la technique. Elle se débrouillera très bien toute seule.

– D'accord, et je te rejoindrai dès mon retour. Mais ça m'étonnerait que tu prennes grand-chose, car les écrevisses ont tendance à faire la sieste. En début d'après-midi, en pleine chaleur, elles ne se laissent guère surprendre...

Quelques minutes plus tard, nous nous retrouvons dans le garage. Il contient un tas de vieilles choses auxquelles Paul projette de redonner vie quand il aura le temps. L'endroit sent le mystère, la découverte et l'aventure. J'adore.

– Ah ! Voilà les fameuses balances.

Paul extrait un paquet enveloppé de papier journal et le pose avec délicatesse sur l'établi.

– J'espère qu'elles n'ont pas souffert. Je ne les ai pas sorties depuis plusieurs années. Enfin, avec les fils synthétiques d'aujourd'hui, ce n'est plus comme avec le coton...

Paul ouvre le paquet cérémonieusement. Il constate, satisfait :

– Celle-ci est impeccable ! Les écrevisses n'ont qu'à bien se tenir.

Il glisse la balance dans le sac à dos qu'il me met aussitôt sur les épaules. Il y ajoute une bourriche, puis il prend un long bâton et chantonne :

– C'est parti pour l'aventure...

Il fait un soleil de plomb et nous nous éloignons du pont où le bitume semble capter toute la chaleur. Nous filons dans le petit bois voisin. Sous la frondaison, le soleil perd de sa vigueur et les éclairs de clarté sont autant de langues chaudes qui nous caressent la peau. Un parfum de végétation sèche et le chant des criquets ajoutent au plaisir.

– On va s'installer là-bas, me dit Paul en désignant un tronc d'aulne. Il y a de la pierraille et des racines, les écrevisses aiment bien s'y cacher. Reste à savoir si elles ont le sommeil profond...

Je sors la balance qu'il attache au bâton, presque respectueusement. Une esquisse de sourire satisfait pointe au coin de ses lèvres.

Il prend la petite boîte des appâts et me conseille :

– Bouche-toi le nez !

Il a raison. De désagréables relents s'exhalent de la boîte qu'il n'ouvre pourtant que le temps de sortir un bout de boyau qu'il dépose au centre de la balance.

Ensuite, avec mille précautions, il la laisse descendre sur le fond de la rivière. Il cale le bâton avec une pierre sur la berge, plonge à son tour dans la Sauldre la bourriche destinée à recueillir mes captures et me regarde enfin, satisfait.

– Voilà ! Tu n'as plus qu'à attendre. Rappelle-toi de ne prendre que des écrevisses américaines. Ça m'étonnerait que tu en captures d'autres, elles sont devenues très rares, mais on ne sait jamais...

Je me souviens de ce que m'a appris l'émission de télé : l'écrevisse américaine a été introduite en France il y a plus d'un siècle et a peu à peu remplacé les espèces locales. Je la reconnaîtrai facilement avec son dos verdâtre et ses pointes de pinces orangées, comme si elle les avait trempées dans un pot de peinture.

Si j'en trouve d'autres espèces, je devrai les relâcher. Par contre, pas question de rendre la liberté aux américaines, c'est interdit ! Ces bestioles sont du genre terriblement envahissant.

– Tu n'auras qu'à remonter la Sauldre si tu ne prends rien ici. Mais patience ! Reste au moins dix minutes à chaque endroit. Les écrevisses sont méfiantes et exigent presque autant de discrétion que les poissons. Bon ! Il faut que j'y aille... À tout à l'heure !

Je regarde les buissons se refermer derrière Paul, puis je fixe la balance qui repose au fond. Peu après, je vois quelque chose bouger à proximité d'une grosse pierre.

Une écrevisse ! C'est une écrevisse ! Sa petite taille me déçoit, mais je ne vais pas faire la difficile. Elle explore le terrain du bout de ses antennes et s'approche lentement de la balance.

Pourvu qu'elle ne flaire pas le piège !

Mais non, elle franchit le bord du filet. J'agrippe le bâton et je murmure :

– Viens, ma cocotte, viens manger le délicieux morceau de poulet.

Encore trois ou quatre centimètres et je la tiens... Soudain, un moustique se pose sur mon bras. En esquissant un geste pour l'éloigner, je secoue la balance. Consciente de mon erreur, je la sors immédiatement de l'eau. Elle est vide, hélas. Paul m'a dit que les écrevisses pouvaient fuir très vite, j'en ai la preuve.

Quant au morceau de boyau, je n'en retrouve pas trace. Alors, bloquant ma respiration quelques instants, j'en prends un autre dans la boîte, le mets dans la balance et replonge celle-ci dans l'eau.

Un quart d'heure plus tard, l'écrevisse n'a pas repointé le bout d'une antenne. Forcément, elle est rassasiée !

Je décide d'aller voir un peu plus loin. Cette fois, je capture rapidement ma première écrevisse. Je la prends entre le pouce et l'index, à la base de la tête, en veillant à ne pas me faire pincer, pour l'observer : dos verdâtre, pointes des pinces orangées, c'est une américaine.

Je la glisse dans ma bourriche, drôlement fière.

La suite des événements est tout autant en ma faveur et je n'ai parfois même pas le temps de dire ouf ! que j'ai déjà une nouvelle bestiole dans ma balance.

Finalement, c'est la bonne heure pour attraper des écrevisses !

5

Je m'apprête à déposer ma huitième écrevisse dans ma bourriche restée de l'autre côté d'un énorme saule marsault, lorsque j'entends un bruit étrange, comme un froissement.

Je me fige et je tends l'oreille. Maintenant, je distingue un souffle saccadé. Je pose doucement la balance sur le sol avant de me rapprocher du tronc dans un silence que je veux parfait.

Encore lui !

L'enfant à la tunique bleue est là, accroupi près de ma bourriche qu'il a sortie de l'eau. Il ne m'a pas entendue.

Il a pris une écrevisse. Il détache la tête qu'il a coincée entre ses dents, sans se préoccuper des coups de queue que donne le crustacé, puis il saisit l'écaille centrale de la queue qu'il arrache avec l'intestin et, enfin, il croque le corps. Son regard se perd dans le vague. Il éprouve manifestement du plaisir à manger mes écrevisses crues !

Je me glisse sur le côté et avance dans son dos. Je me fais la plus légère possible, mais je ne peux empêcher quelques feuilles sèches de crisser sous mes pieds. Heureusement, le festin l'absorbe et il ne m'entend pas.

Le voici presque à ma portée lorsque, soudain, il se retourne, se lève et s'apprête à fuir. Cette fois, je lui bloque le passage et je lui saisis le poignet.

Il se débat, grogne, pousse, rue, tire. Sa main libre essaie de me faire lâcher prise, mais je tiens bon. Le ballet grotesque semble durer un temps infini puis, peu à peu, à bout de forces, l'enfant cesse de se débattre.

Il me regarde, terrorisé. Le jus de l'écrevisse qu'il a encore dans la bouche coule à la commissure de ses lèvres.

Il me donne envie de vomir. Je me contrôle. J'ai un enfant-mystère devant moi. Je dois absolument savoir qui il est et d'où il vient.

Il a de grands yeux bleus striés de minces rayons gris sombre, avec de longs cils. Les larmes qui perlent au coin de ses paupières en accentuent l'éclat. Il est pâle, terriblement pâle, et je vois battre les veines sous la peau de ses joues.

Je me risque d'une voix la plus douce possible :

– Qui es-tu, dis ? D'où viens-tu ? Qu'est-ce qui te prend de manger mes écrevisses après avoir dévoré mes poissons ?

L'enfant déglutit, écarquille les yeux, étouffe un sanglot et se débat à nouveau. Je resserre ma main sur son poignet. Il se calme, lève les yeux vers moi et gémit :

– Lâche-moi !

Ah ! Enfin des mots. Il ne se contente plus de grogner.

– Je te lâcherai quand tu m'auras dit qui tu es et d'où tu viens...

Il baisse la tête, renifle.

Je poursuis avec un calme qui me surprend moi-même :

– Je ne te ferai pas de mal. Ne parlons plus des poissons ni des écrevisses. Je ne t'en veux pas. Dis-moi seulement qui tu es et d'où tu viens…

L'enfant relève la tête et plonge son regard dans le mien. Il se fait suppliant. Je lui souris, relâche légèrement la pression sur son poignet et souffle :

– Je veux être ton amie ! Ne crains rien, mais dis-moi qui tu es…

Il aspire un grand coup puis avoue, la voix chargée de larmes :

– J'ai faim !

– Si… si tu veux, je te donne encore des écrevisses…

– Je préfère les poissons. Des blancs, comme ceux de l'autre jour ! Ils étaient délicieux.

– Tu… Tu aimes les poissons vivants ?

– Ce sont les meilleurs. En plus, quand ils sortent de la rivière, ils sentent si bon !

– Mais… mais c'est dégoûtant !

Je n'ai pas pu me retenir.

Il ne s'en vexe pas, s'en étonne même :

– Pourquoi ? À la communauté de Bérénice, on les mange toujours crus…

– C'est quoi la communauté de Bérénice ?

Un éclair de crainte traverse son regard. Il esquisse le geste de se lever. Je lui pose simplement la main sur l'épaule et lui dis :

– N'aie pas peur ! Je ne te veux pas de mal, je te le répète. Je veux être ton amie, tu entends, ton amie.

Je lui souris et parle doucement, avec chaleur, en faisant très attention à ne pas rompre le fil fragile qui nous lie maintenant. Il me faut l'apprivoiser. Alors je lui raconte un peu ma vie, mes vacances, la pêche que j'aime de plus en plus même si je ne suis pas toujours assez patiente. Je lui parle du bateau qu'Émile et Paul réparent dans le vieux lavoir.

Et, peu à peu, ce que j'espérais arrive : il m'explique qu'il habite au château où j'ai vu l'étrange procession, dans une communauté.

Par des questions que je veux les plus anodines possible, je parviens à lui arracher des informations sur son étrange vie.

Il participe à des cérémonies la nuit, en l'honneur de la chevelure de Bérénice. Voilà pourquoi il semble si fatigué. Je devine que cette « Bérénice » doit être une sorte de déesse, la gardienne d'un paradis qui se trouverait dans sa chevelure. Je lui demande des précisions.

Il élude ma question, ajoute que ses parents sont là aussi, mais qu'il n'a pas le droit de les voir souvent, qu'il doit rester dans le groupe des enfants.

– Alors pourquoi es-tu ici ?

– C'est l'heure du silence ! Dans ces cas-là, chacun s'isole dans le parc du château pour méditer. Il faut préparer le grand voyage et la nature nous aide à le faire. C'est pour bientôt, le grand voyage. Le Maître Céleste a dit que Bérénice a hâte de nous recevoir. Vivement que j'y sois... mais j'ai un peu peur. Ça fait peur un aussi long voyage, même si le Maître Céleste nous assure que ce sera très agréable...

Il baisse la tête et, après un interminable silence que je n'ose rompre, il finit par avouer :

– C'est mal ce que je fais en ce moment.

Je ne prépare pas bien le grand voyage, mais j'ai trop faim. L'autre jour, c'est parce que je t'ai entendue parler de poissons que je me suis approché. Tu m'en apporteras d'autres ?

Ses yeux se voilent de larmes. Il me fait pitié.

– Et des tomates, tu pourras aussi m'apporter des tomates ?

– Je... Bien sûr !

– J'aime beaucoup les tom...

Un gong retentit au loin et l'interrompt. Il se lève d'un bond.

– Rendez-vous ici demain matin, à dix heures, me lance-t-il avant de disparaître. Je me débrouillerai pour venir...

Je le regarde s'éloigner en courant et je suis encore toute troublée par cette rencontre lorsque Paul arrive.

– Alors, me demande-t-il, ça a marché la pêche ?

– Pas... Pas très bien, tu vois, j'en ai que quatre.

Mon grand-père ne semble pas remarquer mon trouble et se penche vers la bourriche qu'il soulève et porte à hauteur de ses yeux.

– C'est sûr, il n'y en a pas beaucoup, mais je t'avais prévenue que c'était un peu tôt. Par contre, pour des américaines, elles sont plutôt belles.

Je redoute qu'il découvre les restes de celles que l'enfant a dévorées. Aussi je le prends par le bras et je l'emmène un peu plus loin. Faussement joyeuse, je lui demande :

– On pêche tous les deux ? La pêche, c'est mieux quand tu es là !

Il me passe une main dans les cheveux, me sourit :

– Évidemment ! dit-il en enlevant son sac à dos. Regarde, j'ai apporté trois autres balances...

Quelques secondes plus tard, nous nous retrouvons accroupis côte à côte au bord de la Sauldre.

Nous rentrons en fin d'après-midi, la bourriche pleine d'une cinquantaine d'écrevisses.

– Bravo ! s'exclame Mamy en les découvrant. Belle pêche pour une débutante !

– Paul m'a beaucoup aidée !

– Non, non, pas tant que ça. Tu en as pris plus de la moitié.

Mamy les cuisine aussitôt. Elle leur enlève l'écaille centrale de la queue et l'intestin, puis elle les jette dans un court-bouillon relevé en pleine ébullition. Les écrevisses se colorent d'un beau rouge rosé pendant la cuisson. Mamy les égoutte.

– Si tu en portais une douzaine à Cendrine ? me suggère-t-elle. Le reste nous suffira largement.

Je ne me fais pas prier. La fierté du pêcheur, sans doute, mais surtout une irrésistible envie de voir Cendrine.

Une baguette de pain sous le bras et un petit saladier en main, j'arrive chez notre voisine. La porte est ouverte et je m'arrête sur le seuil.

Cendrine est au téléphone. Je m'apprête à m'éloigner, mais elle m'aperçoit et me fait signe d'entrer, tout en achevant sa conversation :

– C'est formidable ! Oui, oui ! Ne vous inquiétez pas, vous savez que j'ai pris mes précautions... Au revoir et merci encore !

Cendrine raccroche. Elle semble ravie et affiche un sourire resplendissant.

– Alors, me dit-elle d'une voix joyeuse, tu m'apportes mon pain !

– Oui ! Et des écrevisses aussi. Paul m'a aidée à les pêcher cet après-midi.

– Hmmm ! Tu sais que j'adore ces petites bêtes et je n'en ai pas mangé depuis des lustres. Merci ! Dommage que Florent ne soit pas là. Il les aime beaucoup lui aussi…

Florent, c'est son ami. Il est représentant en produits pharmaceutiques. Il est en déplacement, comme presque toutes les semaines.

Je demande en regardant les mains de Cendrine :

– Ça va ? Pas trop mal ?

Elle les lève légèrement et les retourne. Les pansements ont été retirés et les éraflures commencent à cicatriser.

– C'est encore un peu sensible, mais ça va mieux. Et puis la conversation que je viens d'avoir avec mon rédacteur en chef me fait oublier ces petits soucis.

– Tu parles de petits soucis ! Tu es menacée tout de même !

Cendrine ne répond pas.

– Et ton rédacteur en chef, qu'est-ce qu'il te voulait ?

– Oh, la curieuse ! Tu n'as pas changé. Je l'ai convaincu que mon enquête, le vol et la destruction de ma voiture étaient liés. Il est d'accord pour publier mon article le plus rapidement possible. Après-demain sans doute. Il pense que ce sera le seul moyen de couper court à mes problèmes. En plus, chose rare dans la profession, il m'a offert un gros chèque qui va m'aider à acheter une nouvelle voiture. Ça ne payera pas tout, mais ça me permettra d'attendre le remboursement de l'assurance.

– Et ton article, il parle de quoi ?

– Ah ! Un scoop est un scoop et je ne peux rien dévoiler, même à toi.

Je la supplie du regard.

– Bon, souffle-t-elle finalement. Tu es vraiment une très, très, très bonne amie... Tu as le droit de partager mon secret. Je vais faire des révélations sur une secte ! Les sectes sont de vrais cancers dans nos sociétés. Trop de gens se laissent prendre au piège par naïveté...

Elle m'entraîne dans son bureau, ouvre le tiroir d'un haut meuble gris. Elle écarte un des dossiers suspendus et me montre une chemise bleue.

– Tu vois, me dit-elle, la voix teintée d'une certaine fierté, cette chemise contient toute mon enquête. Elle représente des mois de travail, mais je touche au but. Des enquêtes comme celle-là, il n'y en a pas beaucoup dans une carrière de journaliste…

6

L'inconnu de Bérénice !

J'appelle ainsi l'enfant à la tunique bleue et je revois sans cesse son visage. Ses grands yeux bleus striés de gris sombre, ses longs cils, ses joues creuses...

Qui est-il vraiment ? Ce que je connais de lui m'intrigue : son physique peu ordinaire, ses habitudes alimentaires insolites et ce qu'il m'a révélé sur le château et la communauté qui y vit.

Je me demande s'il n'y a pas une relation entre cette secte et l'enquête de Cendrine. Cela expliquerait ses ennuis. Les sectes aiment le secret et détestent les journalistes trop curieux...

– Tu veux des carottes râpées ?

– ...

– Eh, Justine ? Tu veux des carottes râpées ?

J'émerge de mes pensées et bafouille :

– Euh ! Oui, je...

Mamy me tend le plat et s'esclaffe :

– Où tu es, dis ?

– Rien... Je...

Elle me sert des carottes. Je tournicote ma fourchette dans mon assiette et je demande naïvement :

– Vous savez qui habite le château d'à côté ?

Mamy et Paul se figent soudain et me regardent, étonnés. Ils froncent imperceptiblement les sourcils, comme si j'avais abordé un sujet trop grave. Un long silence s'écoule. Mon grand-père finit par lâcher en haussant les épaules :

– Ce sont des fadas, comme on dirait dans le Midi ! On ne les voit jamais. Alors, évidemment, on ne sait pas grand-chose sur eux...

– Qu'est-ce que tu sais par exemple ?

Paul me sourit, mais son sourire est forcé. Il hésite une fraction de seconde puis reconnaît :

– Rien ! Des broutilles. Ces gens ne valent vraiment pas la peine qu'on s'intéresse à eux...

– Mais ils ne font de tort à personne, ajoute Mamy, et c'est le principal...

Je n'ose pas insister. Au silence qui suit, je comprends que j'embarrasse mes grands-parents avec mes questions. Il est vrai qu'ici on ne se mêle pas des affaires des voisins. Certains disent que les gens sont fiers. Non, ils sont simplement respectueux de la vie privée des autres.

Pourtant, les habitants du château ne sont pas ordinaires. Faire lever des enfants la nuit pour les obliger à suivre des cérémonies en l'honneur d'une certaine Bérénice qui aurait le paradis dans sa chevelure, leur faire manger des poissons crus, les séparer de leurs parents...

Peut-être que Paul et Mamy ignorent tout cela. J'ai envie de leur dire ce que je sais mais, s'ils me demandent où j'ai appris ces choses, je serai obligée de leur parler de l'inconnu de Bérénice... Mon intuition me dit que mes secrets vont les contrarier. Je décide de changer de sujet de conversation.

– Et si on allait aux grenouilles, demain ?

Immédiatement, ils semblent soulagés et retrouvent le sourire.

Le dîner terminé et le lave-vaisselle rempli, je fonce vers l'ordinateur. J'ouvre ma boîte aux lettres.

Pas de réponse de Jules. Peut-être n'a-t-il pas ouvert la sienne ou croit-il que je lui raconte des blagues.

Je me remets à la rédaction de mon journal. Il s'est passé tant de choses depuis mon premier envoi. Il faut que je tienne Jules au courant.

Je fouille ma mémoire encore fraîche et, à mesure que les mots s'affichent à l'écran, tout me revient : ma dernière rencontre avec le garçon, l'enquête de Cendrine…

Ensuite, je file sur Internet. L'inconnu de Bérénice hante mes pensées. Il faut que j'en apprenne plus sur son compte.

J'alimente le moteur de recherche avec le mot « Bérénice ». Quelques secondes plus tard, une liste de sites s'affiche : quatorze mille en tout ! Eh bien, je ne suis pas au bout de mes peines !

Je m'arrête sur un site qui s'attache au prénom lui-même. Il explique qu'il est d'origine grecque et vient de « phere », porter, et « nike », victoire. « Porter la victoire ». Joli prénom. J'espère qu'il me portera chance dans ma recherche.

Un autre site m'apprend que *Bérénice* est une pièce de Racine. C'est une histoire d'amour entre Bérénice, une reine juive que Titus, un empereur romain, ramène à Rome après le siège de Jérusalem, et Antiochus, tiraillé entre son amour secret pour la première et son amitié pour le second. Une histoire compliquée où les amoureux se tortillent le cœur dans tous les sens.

Le site suivant m'intéresse davantage. Il parle de la constellation de la Chevelure de Bérénice, située au pôle Nord galactique.

Tiens, tiens ! Bérénice a donc une chevelure extraordinaire...

J'y découvre une légende : celle de la reine d'Égypte, Bérénice, qui a consacré une boucle de ses cheveux à la déesse Aphrodite après le retour de son mari Ptolémée III de la guerre contre le roi de Syrie.

Ensuite viennent les explications astronomiques : « Cette constellation est composée de vingt étoiles visibles en hiver dans l'hémisphère Nord mais, en réalité, elle est constituée de plus de trente mille galaxies... »

Je pense distraitement qu'une telle chevelure contient peut-être un petit paradis quand... j'ouvre un autre site qui, cette fois, parle d'un « grand temple de Bérénice ».

Mon cœur s'accélère. Je découvre que ce grand temple est nommé ainsi en raison de son caractère cosmique. Je clique sur « plus d'informations ». Des photos de personnes vêtues de la même tunique bleue que celle de l'enfant-mystère s'affichent.

Une secte !

Je m'apprête à poursuivre mes recherches quand, tout à coup, j'entends quelqu'un crier. Au loin, le chien des Gronchebourg aboie furieusement. Je me précipite vers la fenêtre et, malgré la nuit qui commence à tomber, je distingue une moto rouge qui s'éloigne à vive allure sur la route.

Papy sort en trombe de la maison. Mamy lui emboîte le pas et je les suis à mon tour en courant.

La porte de la maison de Cendrine est grande ouverte et Paul s'engouffre à l'intérieur. Mamy et moi le rejoignons dans le bureau où la lumière est allumée.

– Cendrine !

Elle ne répond pas. Et pour cause : elle est étendue par terre, avec une large plaie à la tête d'où s'écoule beaucoup de sang. Mamy porte les mains à son visage.

– Mon Dieu ! Elle est...

– Non ! la coupe Paul. Elle respire, mais elle a reçu un coup violent à la tête. Elle a perdu connaissance.

Mamy compose le 18 au téléphone puis le 17. Bientôt penchée elle aussi sur Cendrine, elle tente d'éponger le sang qui coule de la plaie.

Je tremble. J'ai soudain peur, très peur. Mon regard va de Cendrine à la porte et je guette désespérément l'arrivée des secours. Le temps me semble adopter la lenteur d'un escargot à bout de souffle.

Je vis un cauchemar les yeux ouverts. On a attaqué Cendrine…

Tout à coup, un bruit de moteur me fait sursauter. Je me calme presque aussitôt, car la lueur bleutée du gyrophare me révèle qui arrive.

Trois pompiers entrent dans le bureau. Paul et Mamy leur cèdent la place. L'un des hommes se penche sur Cendrine, lui soulève une paupière, lui prend le pouls.

– Appelle le SAMU !

Un de ses collègues ressort au moment où les gendarmes apparaissent. Je frissonne de plus belle.

– Laissez les pompiers travailler et venez avec nous. Votre voisine est entre de bonnes mains…

Nous les suivons dans le salon. Je marche comme un zombie. Mamy prend conscience de mon désarroi. Elle me rejoint, m'invite à m'asseoir à côté d'elle sur le canapé puis m'enlace. Je frotte mon nez contre sa joue, je me cale au creux de ses bras et, la tête contre son épaule, je me mets à pleurer sans retenue.

Après, je ne sais plus vraiment ce qui se passe. J'entends des paroles, des bruits de pas ; des silhouettes vont et viennent. La tendresse de Mamy me calme peu à peu et mes sanglots s'estompent.

– Rentrons ! Je crois que tu as eu assez d'émotions pour ce soir. Il est temps de te coucher...

Les oiseaux chantent à plein gosier lorsque j'émerge du sommeil. Des myriades de poussières lumineuses dansent dans les minces rayons de soleil qui se glissent par les persiennes.

Je crois un instant avoir cauchemardé mais, hélas, je reviens vite à la réalité : hier soir, Cendrine a été agressée chez elle.

J'ai rejoint ma chambre quand Mamy m'y a invitée, mais je n'ai pas trouvé le sommeil tout de suite, loin s'en faut. Je me suis longtemps tournée et retournée dans mon lit. Je ne parvenais pas à oublier le corps inerte de Cendrine, la tache de sang sur le sol.

Alors je me suis relevée et j'ai repris mon journal sur l'ordinateur. J'ai scrupuleusement noté les événements de la soirée pour Jules, bien sûr, mais aussi pour me soulager d'un poids trop lourd.

Et je l'ai envoyé. J'espère que Jules me croira quand il me lira.

– Justine ? Tu es réveillée ? me demande Mamy après avoir toqué à la porte.

– Oui !

– Lève-toi, ma chérie. Les gendarmes voudraient te poser quelques questions.

Le moins que l'on puisse dire est que je n'ai pas faim et j'expédie mon petit déjeuner à toute vitesse. Par contre, ma toilette traîne en longueur. Je ne mets aucune hâte à retrouver les gendarmes.

Ils sont deux ; les mêmes qu'hier. Ils me sourient, mais je ne me détends pas pour autant. Je me dis que, si je parle maintenant, on va me reprocher de ne pas l'avoir fait avant. Je me bloque et je ne réponds que par de vagues « oui », « non », « peut-être », rien qui puisse les aider dans leur enquête.

Pourtant, j'en sais des choses...

– Viens, on va aller chez ta voisine, finit par suggérer le plus âgé. Peut-être que les lieux rafraîchiront tes souvenirs...

Je redécouvre la maison de Cendrine. En fait, hier soir, je n'avais pas remarqué le bazar qui règne dans son bureau. Quelqu'un l'a manifestement fouillé. Sans doute même s'y est-on battu. Cendrine a dû résister à son agresseur.

Mes yeux parcourent la pièce. Les tiroirs du meuble à dossiers suspendus sont béants. Par terre, il y a un indescriptible fatras de stylos, crayons, chemises et feuilles éparses. L'ordinateur gît parmi eux, l'écran brisé en mille morceaux.

Les fantômes de la nuit me reviennent à la mémoire et je fonds à nouveau en larmes.

– Bon, dit le plus âgé des gendarmes. N'insistons pas. Tu es sous le choc. Nous verrons plus tard.

Au retour, Mamy me console.

– Ne t'en fais pas. Cendrine n'a pas encore repris conscience, mais les médecins assurent que sa vie n'est plus en danger. Elle va se remettre et nous reviendra aussi souriante qu'avant.

– On ne peut pas interroger vos voisins monsieur et madame Gronchebourg ? demande un gendarme à Paul. Depuis quand sont-ils absents ?

– Depuis hier. Au début, je croyais qu'ils reviendraient dans la soirée, car ils n'ont pas emmené leur chien et ne m'ont pas demandé de le nourrir. Cela dit, peut-être Émile n'a-t-il pas eu le temps de m'avertir. En tout cas, il a laissé pas mal de nourriture…

Je n'écoute pas la suite de leur conversation jusqu'au moment où la remarque d'un gendarme capte mon attention.

– Nous pensons qu'il y a un lien entre le vol, l'incendie de la voiture de votre voisine et son agression. Nous allons contacter son rédacteur en chef…

Ça y est ! Ils sont sur la bonne piste. Cendrine m'a dit qu'elle avait convaincu son rédacteur en chef que son enquête était liée au vol de sa voiture.

– Je… je peux m'en aller ?

– Bien sûr, ma chérie…

Je vais dans ma chambre et j'allume l'ordinateur. Je file sur ma boîte à lettres.

Ah, enfin ! Jules m'a répondu.

J'ouvre son message et là, stupeur !

> Salut Justine,
>
> Alors tu as commencé un roman policier ! Et sans moi, en plus !
>
> On avait convenu de se raconter nos vacances, pas d'écrire un roman chacun de son côté. Je ne crois pas du tout à ton histoire. Heureusement que je t'aime bien…
>
> Cela dit, bonnes vacances. J'ai hâte de lire ton vrai journal !
>
> Jules

Ah ! Il ne me croit pas.

Je ne lui en veux pourtant pas. Il faut juste que je lui apporte de nouvelles précisions.

Ce que je fais immédiatement.

Jules va être très étonné.

Je lui relate la visite des gendarmes, bien sûr, mais, surtout, je lui dis que j'ai rendez-vous avec mon inconnu de Bérénice cet après-midi.

Et je conclus :

> Si tu ne me crois pas, regarde le journal télévisé à midi. Je suis certaine que les journalistes vont parler de l'agression dont une de leurs collègues a été victime. Peut-être qu'il n'y aura pas de reportage mais, c'est certain, le présentateur en dira au moins deux mots.

J'appuie sur « envoyer ». Il ne me reste plus qu'à espérer que la télévision ne me trahira pas.

7

J'arrive la première au rendez-vous. Je dissimule mon vélo dans les taillis, je m'assieds dans l'herbe, mon panier posé près de moi, et j'attends. J'ai chipé quelques belles tomates bien rouges au jardin et une plaque de chocolat dans le placard.

L'agression de Cendrine m'a accaparé l'esprit et je n'ai guère pensé à l'enfant. Dire que je ne connais toujours pas son prénom, que je ne sais même pas si c'est un garçon ou une fille ! Je m'efforce d'évoquer son image. Peut-être est-ce une fille, à cause des longs cils qui voilent ses grands yeux, de sa peau pâle, de ses doigts fins, de la tunique bleue et de sa voix aiguë.

Mais son crâne rasé apporte le doute. Et puis, l'inconnu mange salement et les filles...

Je n'ai pas le loisir de rêver longtemps car des froissements dans le feuillage annoncent son arrivée. Il débouche du tunnel de verdure qui se construit un peu plus à chacun de nos passages.

– Bonjour. Je t'attendais.

– Tu as apporté les tomates ?

Pas un regard. Pas un bonjour. Une seule chose compte : le panier. Il s'avance, la main tendue. Il saisit une tomate et la porte à sa bouche, sans prendre le temps de l'essuyer. Il mord dedans, comme un animal affamé. La peau de la tomate éclate et la pulpe coule de chaque côté de sa bouche. Le mot « bouffer » ne m'a jamais semblé aussi adapté tant il y a de précipitation, de hâte, d'impatience dans ses manières. Il emplit sa bouche au point que sa respiration devient bruyante et qu'une sorte de reniflement accompagne sa déglutition.

Je regarde le jus glisser sur son menton et ses mains, mais je ne ressens pas le dégoût qui m'avait saisie en le voyant dévorer le poisson cru, et je ne frissonne pas en imaginant ce jus froid dans ma propre bouche. Sans doute parce qu'il s'agit des belles tomates de Paul que j'ai moi-même plaisir à manger crues…

Je le laisse faire en silence. Il en dévore une, puis deux, puis trois.

Je lui tends la plaque de chocolat, mais il la repousse et plonge sa main dans le panier pour saisir une quatrième tomate alors qu'il n'a même pas terminé la précédente.

Petit à petit, il se rassasie. Le rythme des déglutitions ralentit. Il prend le temps de s'essuyer les lèvres d'un revers de main. Il lève enfin les yeux vers moi.

– C'était bon ? Je t'en rapporterai d'autres si tu veux.

– Oui, répond-il entre deux hoquets.

– Tu ne veux pas de chocolat ?

– S'il te plaît, des poissons que tu as pêchés.

Un frisson me parcourt. J'ai envie de lui répondre qu'on ne mange pas le poisson cru, mais je me ravise. Il a l'habitude de ce genre de nourriture. Je ne dois pas le contrarier si je veux garder une chance de l'apprivoiser.

– Je ne pourrai pas venir pêcher cet après-midi, Paul doit aller à Orléans et je ne sais pas me débrouiller toute seule avec les lignes. Demain, si tu veux. Tu viendras discrètement et je te donnerai des gardons bien frais.

– Demain, on ne se verra pas. Je pars ce soir.

– Tu reviendras quand ?

– Je ne crois pas que je reviendrai. Il a dit qu'on partait pour le grand voyage. Bérénice veut nous recevoir plus tôt que prévu. Elle est pressée de nous avoir auprès d'elle, il nous l'a dit aussi.

– Qui ça, « il » ?

– Ben, le Maître Céleste ! Ce matin, il nous a parlé. C'est rare qu'il nous parle. Il a dit qu'il fallait préparer une grande fête pour ce soir et qu'il viendrait avec son habit de cérémonie, son chapeau constellé d'étoiles et le sang de Bérénice à son doigt. Il a dit que Bérénice a parlé et qu'après la fête on partira tous pour le grand voyage. On ira dans un pays merveilleux où on sera toujours heureux.

– On ne se verra plus, alors ?

– On va dans la chevelure de Bérénice.

C'est trop loin pour qu'on revienne un jour. Cet après-midi, on va commencer la cérémonie et après, je me ferai beau pour la fête.

« Beau pour la fête. » C'est donc un garçon ! Je ne résiste pas.

– C'est quoi ton nom ?

– Mon nom... ben c'est Orion.

Il me regarde, étonné. Je viens de couper son élan. Il parlait, donnait des détails sur son futur grand voyage et je l'ai interrompu. Je m'empresse de lui demander :

– Tu pars en voiture, en train ?

– Pas en voiture, c'est trop loin là où on va.

– En avion ?

Il tourne la dernière tomate entre ses mains, la caresse en réfléchissant :

– Je ne sais pas. C'est tellement loin... Tu penses, la chevelure de Bérénice... Le Maître a dit qu'on partait tous. Demain, il ne restera plus personne ici. Il a dit qu'on verrait toutes les étoiles du ciel, les astres, les galaxies et même Cassiopée. Il met son chapeau pour les occasions spéciales. Moi, je ne l'ai vu qu'une fois, son chapeau. J'étais tout petit. Il avait son habit de cérémonie, bleu avec des étoiles d'or dessus. Et son chapeau pointu avec le voile qui lui descendait sur la figure...

Orion est très excité. Il parle vite et son regard devient étrange quand il évoque le Maître, le grand voyage et la fête. Je ne comprends pas où il doit aller.

J'entends le son de sa voix égrener les détails de son voyage, mais je n'écoute plus vraiment.

Il répète plusieurs fois la même chose et je commence à en avoir assez de la « chevelure de Bérénice ».

Un gong résonne. Orion s'interrompt brusquement et se lève comme un ressort. Il s'élance vers le tunnel de verdure qui le ramènera au château. Il n'a que le temps de me dire :

– Viens cet après-midi, pendant la méditation. Je veux te dire au revoir avant de partir.

8

Mamy et moi sommes assises sous la tonnelle couverte de chèvrefeuille. Mamy fait du crochet. Elle est très habile. Elle a entrepris la confection d'une parure de lit pour le baptême de la petite-fille d'amis qui habitent à Nouan-le-Fuzelier.

Je m'étonne :

– La porte du lavoir est fermée. Émile n'est pas revenu et la réparation de la barque n'a pas avancé d'un pouce. Je ne suis pas sûre qu'on fera une seule promenade sur la Sauldre cet été. Pourquoi Paul ne s'en est-il pas occupé cet hiver ?

Je dis ça pour aiguiller la conversation sur Émile et Georgette. Ce qui m'inquiète surtout, c'est qu'ils ne sont pas rentrés et qu'il m'a semblé les reconnaître parmi les membres de la secte.

– Si, il en avait parlé à Émile, précise Mamy, mais, cet hiver, il a tellement plu que la rivière est restée haute pendant des semaines. Il ne faisait pas bon travailler dans le lavoir humide. Et avec le cancer de Georgette, Émile devait être trop tourmenté pour s'intéresser au bateau.

– Elle a été très malade ?

– La chimiothérapie l'a obligée à faire de nombreux séjours à l'hôpital. Et elle a perdu ses cheveux.

« Perdu ses cheveux... » Je pense à ceux du château et à Émile qui ont le crâne rasé.

– Elle a été soignée pendant cinq mois, poursuit Mamy. Souvent, elle était hospitalisée plus d'une semaine. Émile allait la voir tous les jours. On lui proposait de venir manger avec nous. Mais il n'a jamais voulu. Émile n'est pas homme à étaler ses malheurs. On le voyait tirer ses volets et s'enfermer.

– Il avait des visites de temps en temps ?

– Ils n'ont pas d'enfants, tu le sais. Pas de neveux non plus. Une fois, Émile a parlé d'une sœur de Georgette. Mais elle doit être âgée. On ne l'a jamais aperçue ici.

– C'est triste... ne puis-je m'empêcher de commenter.

– Oui, ils n'ont personne... Seulement leur chien. Des fois, ils partent et ils ne reviennent pas le soir. Elle doit séjourner à l'hôpital. Paul a l'habitude ; il s'occupe du chien jusqu'à ce qu'ils rentrent. Ils doivent être partis pour plusieurs jours. Émile n'a rien dit, mais il a laissé de quoi nourrir le chien pendant deux semaines.

Cette conversation me rend mélancolique. Je suis les doigts de Mamy qui enchaînent des points très fins et très compliqués avec une dextérité extraordinaire.

– Tu sais, Mamy, l'autre jour, quand j'étais avec Émile au lavoir, Georgette est entrée et elle ne m'a pas vue tout de suite. Elle lui a dit qu'elle venait de recevoir un coup de téléphone et qu'il fallait qu'ils se tiennent prêts parce que le grand voyage c'était pour bientôt...

– Un grand voyage... La pauvre, soupire Mamy. Ils vont sans doute tenter une opération ou un traitement à l'étranger. On dit qu'aux États-Unis il y a des spécialistes qui réussissent des miracles. Ça expliquerait qu'Émile ait laissé tant de nourriture pour le chien. Pourtant, ils ne semblent avoir prévenu personne.

Décidément, Georgette, Émile, Orion, tout le monde s'apprête à faire un grand voyage ! Si j'ai bien reconnu Georgette et Émile parmi les membres de la secte, ce serait le même...

> Arrête ton cinéma, Justine ! J'ai regardé le journal télévisé et, évidemment, ils n'ont pas parlé de ta journaliste. Je ne suis pas au bord d'une rivière comme toi et tu n'arriveras pas à me mener en bateau. Trouve autre chose.
>
> Jules

Je relis le message qu'il a laissé dans ma boîte à lettres et j'hésite entre deux raisons d'être en colère. Soit Jules est un débile qui ne comprend rien, soit ce sont tous des traîtres à la télé. Je choisis la seconde.

Je sélectionne « répondre ». Je vais montrer à Jules si je suis une menteuse.

> Mon cher Jules,
>
> La télé n'a peut-être pas encore parlé de cette agression, mais tu dois me croire. Je ne te mène pas en bateau comme tu le dis. D'ailleurs, je n'en ai pas puisque la barque n'est toujours pas réparée et...

Ma réponse est nulle. Je ne peux pas l'envoyer. J'efface tout. La page redevient blanche.

Je recommence en lui parlant de Georgette et Émile, d'Orion et de leur futur grand voyage... car, à bien y réfléchir, ils vont sûrement faire le même.

Le temps passe lentement, peut-être parce qu'il est « l'heure de la sieste », qu'il fait chaud dehors, que Paul est en train de lire sous la tonnelle tandis que Mamy regarde son feuilleton de début d'après-midi.

Après quelques minutes de rêverie devant mon écran vide, je reprends la souris et je promène la flèche du curseur sur les barres d'outils : Navigation. Explorer. Recherche.

J'ouvre un moteur de recherche. Le curseur clignote dans l'attente des mots que je dois lui fournir. Je tape « grand voyage ».

Le moteur se met en marche. Des écrans de publicité s'incrustent entre deux invitations à la patience. Puis une liste de sites apparaît.

Le grand voyage de Paupi.

Je lis les premières lignes du descriptif. Il s'agit d'un livre qui peut être commandé en ligne au prix de 17 €. Grand voyage Plein-Sud : Unique vision of south America in the web.

Le site propose des billets d'avion à destination de la Patagonie à prix réduits.

Grand voyage.

Là, il est proposé des musiques évangéliques pour les responsables de culte chargés d'accompagner les défunts dans leur dernier voyage.

Ce site attire mon attention. La mort : le grand voyage... Je me connecte mais aucune indication ne satisfait ma curiosité. Le site propose de télécharger des partitions de musique funèbre moyennant le paiement en ligne d'une centaine de dollars.

Je m'apprête à le quitter quand le mot « secte » retient mon attention.

Je reviens au moteur de recherche. J'accole le mot « secte » à « grand voyage » et je relance la recherche. Une nouvelle liste de sites apparaît.

Le premier raconte un drame survenu voici quelques années à la frontière luxembourgeoise. Les corps de dizaines d'adeptes ont été retrouvés un matin, dans une clairière. Leur mort (l'expression « grand voyage » est employée dans l'article) a été provoquée par une arme à feu qu'ils auraient utilisée les uns après les autres. L'enquête n'a pas pu déterminer s'il s'agissait d'un suicide collectif ou d'une série de meurtres.

Dans les sites suivants, plusieurs « grands voyages » sont relatés ; en Suisse, au Canada, aux États-Unis. À chaque fois, ce sont des dizaines de morts. Je frissonne.

À la fin de la deuxième page apparaît l'adresse d'un site que j'ouvre, intriguée par son intitulé :

Grand voyage vers CB.

Sur un écran constellé d'étoiles, un court message s'affiche :

Tous ensemble, grâce à la bonté de notre Maître Céleste, nous nous apprêtons à partir pour un grand voyage dans l'immensité de la chevelure de Bérénice afin de trouver la route sidérale vers l'extase et le bonheur éternel !

– Je savais que tu rentrais aujourd'hui, dit Mamy, alors j'ai pris une baguette, comme quand Cendrine est là.

– Je vous remercie, répond Florent. Je ne devais pas revenir avant samedi, mais les gendarmes m'ont averti…

– On leur avait donné ton numéro, poursuit Paul. Tu vas manger avec nous. Il ne doit pas y avoir grand-chose dans ton réfrigérateur.

– Assieds-toi, et raconte-nous comment va Cendrine, glisse Mamy en lui indiquant une chaise.

Florent ne se fait pas prier. Je m'approche pour avoir des nouvelles.

– Elle va beaucoup mieux. Elle est encore en réanimation, mais le médecin m'a dit qu'elle serait transférée dans une chambre normale dès demain matin. Elle m'a un peu parlé.

– Elle souffre ?

– Elle a encore très mal à la tête.

– Son agresseur aurait pu la tuer ! s'indigne Mamy. Je me demande même si ce n'est pas ce qu'il voulait...

Elle apporte un plat, s'assied, sert tout le monde.

Je mange sans regarder ce qu'elle m'a servi. J'écoute Florent.

L'agresseur n'était sûrement pas un rôdeur ni un voleur ordinaire. L'enquête que Cendrine menait depuis des semaines était terminée et le journal s'apprêtait à la publier. C'est précisément ce dossier qu'il venait récupérer, comme il avait voulu d'abord récupérer celui qui se trouvait dans la voiture.

– Il ne savait pas que Cendrine avait confié les originaux au journal et qu'il ne lui restait que des copies, ajoute Florent.

– Pourquoi cette enquête est-elle si importante ? demande Paul.

– Cendrine dit que c'est une grosse affaire, mais je ne peux pas vous en parler. D'autant que la gendarmerie a demandé au journal de ne rien publier pour l'instant. Il ne faut pas gêner le travail des enquêteurs. En tout cas, l'agression d'une journaliste ne laisse pas les médias indifférents. Une équipe de télévision est venue interviewer Cendrine à l'hôpital. Ils en parleront au journal de vingt heures, ce soir.

À cet instant, je réalise que nous venons de manger de l'omelette aux pommes de terre.

9

Ce soir, quand il verra le reportage à la télé, Jules sera bien obligé de me croire. En début d'après-midi, à « l'heure de la sieste » comme dit Paul, je lui envoie un mail pour lui conseiller d'être sur France 2 à vingt heures. Je lui joins le journal complet de tout ce qui est arrivé ici. Des fois qu'il ait jeté ce que je lui ai déjà envoyé ! J'en profite pour le relire. J'ai tout raconté, de l'agression et de l'enquête de Cendrine à la maladie de Georgette, du futur grand voyage d'Orion à mes recherches sur Internet.

Je lui fais part aussi de mes inquiétudes. Et si ce qui s'est passé aux États-Unis, au

Canada et en Suisse arrivait à Coupigny-sur-Sauldre ?

Quand message et journal sont partis, je prends mon vélo et, sans rien dire à mes grands-parents, je file vers le lieu de mon rendez-vous avec Orion.

Lorsque j'arrive à l'extrémité de notre tunnel de verdure, il n'est pas encore là. C'est normal ; je suis très en avance.

Je pose mon vélo contre un arbre et m'assieds dans l'herbe. Ni la lumière qui joue dans les feuillages, ni le va-et-vient des insectes, ni le bruissement de l'eau toute proche ne retiennent mon attention. Je repense à ce que j'ai lu sur les sites Internet. Une secte, je ne sais pas trop ce que c'est. J'en ai vaguement entendu parler, mais je n'arrive pas à croire qu'une secte a pu s'installer ici, tout près de la maison de mes grands-parents.

Pourtant, il y a la grande statue devant le château. Et ces gens au crâne rasé qui portent des tuniques bleues et qui mangent du poisson cru. Et cette curieuse cérémonie dans la rivière. Et ces incantations à Bérénice.

Je n'ai pas rêvé tout cela. D'ailleurs, je ne suis pas la seule à avoir des doutes. Paul dit que ces gens sont des « fadas » et Mamy hausse les épaules quand elle évoque leurs bizarreries.

Et si leur grand voyage vers la chevelure de Bérénice était un voyage... définitif ?

Je frémis. Dans ce cas, Orion se trouverait en danger.

Un bruissement me fait tourner la tête. Son corps maigre émerge du tunnel. Il se plante devant moi et me regarde avec une mine réjouie que je ne lui ai jamais vue.

– Après la cérémonie du matin, me raconte-t-il d'emblée, de l'excitation plein la voix, il y a eu une longue procession autour de la statue du Maître Céleste. C'était beau. Les adultes avaient des torches et on a chanté longtemps. Après on a fait un festin. Pour une fois, nous, les enfants, on a mangé avec les grands. Il y avait des poivrons, des tomates, des fruits et du poisson mariné dans une sauce délicieuse.

Il semble encore se délecter de ces bonnes choses. Il se tait un instant. Je glisse :

– Pour une fois, tu as mangé chaud !

– Non, on mange toujours froid et cru, corrige-t-il. Le Maître Céleste a déjeuné avec nous. À la fin, il a bu la Liqueur Parfaite et on en a tous eu. C'est bon. C'est sucré et on a la tête qui tourne quand on a fini notre verre. On en aura encore après la méditation et aussi pendant la cérémonie de ce soir. Le Maître a dit que la Liqueur nous purifiait et nous donnait la force de faire le grand voyage. Parce que, dès que la nuit sera tombée, on partira...

Orion déverse des flots de paroles. Il m'étourdit. Au hasard des phrases, il me livre quelques bribes de son histoire. J'apprends que ses parents avaient une belle maison, plusieurs voitures – dont une Jaguar automatique blanche – et un chalet à la montagne. Pêle-mêle, il m'explique qu'ils sont une trentaine à se préparer au grand voyage, que le Maître Céleste, avec le sang de Bérénice à son doigt, les guidera pour atteindre sa chevelure où ils connaîtront le bonheur éternel.

Il me dit aussi qu'ils risquent de peser trop lourd et qu'il leur faudra sans doute abandonner leur enveloppe terrestre. Pour décrire son voyage, il emploie des mots qui me sont inconnus et qu'il doit lui-même répéter sans les comprendre : « route sidérale », « chemin astral », « voie stellaire »... Et puis il m'explique que les enfants ont fumé comme les adultes à la fin du festin.

Je pose ma main sur son bras et je tente de l'arrêter :

– Orion, demain je t'apporterai des tomates et...

Il reste un instant la bouche ouverte, surpris d'entendre ma voix. Mais il reprend de plus belle :

– Avec la protection bienveillante du Maître Céleste, nous parviendrons au pays du bonheur éternel. Une merveilleuse route sidérale nous conduira dans la chevelure de Bérénice...

Plus il parle, plus son excitation grandit. Ses yeux brillent. Dans ses dernières phrases, je ne parviens pas à trouver la moindre cohérence.

Un gong résonne au loin. Orion se tait, se jette brusquement sur moi et écrase un gros baiser sur ma joue.

– Viens avec moi. Je leur expliquerai que tu veux partir avec nous.

J'ai subitement envie de le suivre. Je l'aime bien et peut-être que je pourrais le sauver en cas de danger. Mais je pense aussitôt à Paul et à Mamy que je n'ai pas prévenus. J'hésite. Orion prend mon hésitation pour un refus. Il m'adresse un pauvre sourire et disparaît dans le tunnel de verdure.

Je me retrouve seule, troublée, une grosse boule d'angoisse coincée dans la gorge. Depuis notre première rencontre, je suis persuadée que cet enfant ne va pas bien. Je l'ai connu muet et sauvage. Aujourd'hui, il délire et parle comme un illuminé. Il m'a décrit ses parents comme des gens aisés et cultivés. Pourtant, ils sont fragiles au point de chercher du réconfort au sein d'une secte dissimulée dans un château en Sologne.

Ma tête bourdonne de pensées inquiètes. Je me lève, j'enfourche mon vélo et je prends le chemin du retour. Je parcours le sentier, puis je fais le tour de l'étang, je longe la petite route en pédalant lentement sans me décider à revenir à la maison.

Il faut que je parle à Paul de ce grand voyage.

Et s'il ne me croyait pas ? Et s'il m'interdisait de venir me promener seule près du château ?

Je reviens à l'endroit de mon rendez-vous avec Orion et je dissimule mon vélo dans les buissons. Je me glisse dans le tunnel de verdure, marche jusqu'à l'orée du bois. À quelques centaines de mètres au bout du grand pré, le château m'apparaît.

Autour de la statue du Maître Céleste, des adeptes tournent en rond. Comme l'autre jour, il me semble entendre des prières ou des chants. J'aperçois le groupe des enfants vêtus de leur robe bleue. Leurs petits crânes rasés ressemblent à des ballons. Orion est sans doute parmi eux...

Je décide de m'approcher pour mieux voir. Je longe prudemment la lisière du bois, veillant à me dissimuler le plus possible dans les feuillages. Je dois ressembler à un Sioux.

C'est idiot. Ils sont si occupés qu'ils ne pensent certainement pas à regarder dans ma direction.

Je redouble malgré tout de prudence.

Petit à petit, je perçois certains détails. Je distingue un personnage assis sur une sorte de trône devant la statue. Les adeptes s'inclinent devant lui à chacun de leurs passages. Il est vêtu d'une tunique bleue et d'un long chapeau pointu semblable à celui de la statue, avec un voile dissimulant son visage jusqu'au-dessus des lèvres. Il porte à la main droite une grosse bague qui lance des reflets grenat. Ce doit être le sang de Bérénice. Les deux trous percés dans le voile à hauteur de ses yeux me fascinent. Qui peut-il être ?

Les fidèles semblent en extase. Ils prononcent toujours la même incantation. Leur voix est calme, lente. On dirait qu'ils supplient. Le mot « Bérénice » revient à intervalles réguliers.

J'ai beaucoup de mal à différencier les femmes des hommes. Quand le groupe des enfants passe devant la statue, je reconnais Orion ; c'est le quatrième.

Puis j'entrevois Émile et Georgette. Elle a l'air épuisée et marche avec difficulté. Son mari lui tient la main.

J'éprouve soudain une grande peur. Ils sont donc prêts à faire le même grand voyage... et si ce grand voyage, c'était la mort ?

Le Maître lève la main. Un éclat rouge s'échappe de sa bague. Les fidèles s'arrêtent et le silence s'installe. Il me semble que le temps se fige. Ils restent un long moment immobiles. Le Maître se lève et on lui apporte une coupe. Il la tend vers le ciel en prononçant des paroles inaudibles, puis il l'approche de sa bouche, comme s'il buvait.

Ensuite, deux hommes prennent la coupe et avancent vers la ronde des fidèles. Un à un, ils boivent en psalmodiant une incantation. Après on leur distribue des petits bâtons blancs que je n'identifie pas dans un premier temps.

Je comprends finalement que ce sont des sortes de grosses cigarettes quand le Maître allume la sienne et que de petits nuages de fumée blanche s'élèvent dans les airs.

Tapie dans les feuillages, n'osant pas bouger, je regarde le spectacle hallucinant de ces gens.

Enfin, le Maître se lève et pénètre dans le château. La ronde se brise et les adeptes le suivent. Il ne reste plus que l'immense statue devant laquelle brûlent deux grosses torches.

Le premier pas est le plus difficile parce que j'ai l'impression que je vais faire beaucoup de bruit dans le silence revenu. Tout juste si je ne redoute pas qu'une alarme se déclenche. Cette fois, je suis bien décidée à tout raconter à Paul et à Mamy. J'ai l'impression d'avoir vu l'une des scènes décrites sur Internet. Orion, Émile et Georgette sont en danger. Tant pis si mes grands-parents me reprochent d'être venue. Je dois tout tenter pour les sauver…

En me relevant, je jette un coup d'œil à ma montre ; je suis partie depuis trois heures ! Mamy doit drôlement s'inquiéter.

Je m'éloigne sans me retourner mais j'ai l'impression que quelqu'un me suit. J'arrive en vue du tunnel de verdure quand une immense frayeur me paralyse. Deux énormes chiens foncent droit sur moi. Je suis pétrifiée, plantée dans la terre comme si j'avais soudain des racines.

Les molosses découvrent les dents et s'arrêtent à cinquante centimètres de moi. Ils n'aboient pas.

Je ferme les yeux. On me saisit aux bras. La morsure ne me procure pas la sensation de douleur que j'attendais. J'ouvre les yeux. Deux hommes en treillis, le crâne rasé et le regard dur, m'immobilisent.

Sans un mot, ils m'entraînent en direction du château, coupant au plus court à travers le pré. J'ai juste le temps d'apercevoir une moto rouge dans l'entrée, ensuite des couloirs, des escaliers. Ils me portent pour avancer plus vite. Mes pieds raclent le sol.

Je voudrais crier, mais un mur de peur bloque ma voix.

On arrive devant une porte. L'un des hommes frappe et, sans attendre de réponse, tourne la poignée et me pousse à l'intérieur.

– Imbéciles ! rugit un individu installé derrière une petite table sur laquelle est posé un chapeau pointu avec un voile blanc.

Cet homme, c'est le Maître Céleste, celui qui était assis sur le trône et qui dirigeait la cérémonie.

Son chapeau pointu constellé d'étoiles est placé à côté de lui et je reconnais l'éclat grenat de sa bague. Nos regards se croisent. Ses yeux sont d'un bleu très clair. Leur éclat métallique est dur, froid. Je comprends que cet homme est incapable de la moindre pitié. Immédiatement, il se lève et se retourne.

– Sortez ! hurle-t-il.

Et tandis que les deux gardes me font faire demi-tour, il ajoute :

– Elle m'a vu. Qu'elle fasse partie du grand voyage !

Les hommes m'entraînent dans les escaliers puis ils me jettent dans une pièce qui doit servir de bureau parce que je remarque un ordinateur. Ils m'attachent les poignets, me ligotent aux tuyaux d'un radiateur et sortent en fermant la porte à clé.

10

Me voici seule dans cette pièce, ligotée à un radiateur, seule avec ma peur grandissante.

Un murmure diffus monte du rez-de-chaussée. Un murmure grave, qui augmente, diminue, s'amplifie, se rétracte, comme le ressac d'une mer menaçante. Il s'agit des chants des adeptes.

Je pense à mes grands-parents. L'angoisse doit les ronger. Les autres m'ont retiré ma montre et je n'ai aucune idée du temps écoulé depuis que j'ai quitté la maison. Les rayons du soleil s'approchent de la cime des arbres.

Paul et Mamy ne pourront jamais me retrouver. Je ne leur ai pas dit où j'allais. Et je n'ai laissé aucune trace, aucun indice. Juste mon vélo caché dans les fourrés, mais il faudrait une chance incroyable pour qu'ils le découvrent. Moi qui voulais sauver Orion, Émile et Georgette, me voilà prisonnière...

Des larmes coulent sur mes joues. Chaudes. Douloureuses. Intarissables. Je n'ai aucune chance d'en réchapper. J'ai vu le visage du Maître Céleste et je risque de le reconnaître. Je suis un témoin beaucoup trop dangereux.

Les adeptes, eux, ne l'ont sans doute jamais vu d'aussi près. Cet homme a besoin de mystère pour les garder sous sa coupe, pour leur laisser croire à un voyage vers le paradis de la chevelure de Bérénice.

Tout ce que Cendrine m'a raconté me revient à la mémoire. Elle avait raison : les promesses du Maître ne sont que poudre aux yeux, paroles creuses, mensonges pour naïfs. J'ai enfin compris que ce voyage mène à la mort, et il le sait.

Si seulement je pouvais me détacher, mais comment ? En dehors d'un ordinateur, il n'y a rien dans cette pièce. Rien que je puisse attraper.

Peut-être qu'un coupe-papier dort dans un des tiroirs du bureau, mais ils sont hors de ma portée. Je frotte mes liens contre le radiateur. Sans résultat sinon de m'écorcher la peau.

Le temps s'épaissit. Il est d'une monstrueuse lenteur. Chaque instant qui passe me noue un peu plus le ventre. Le soleil commence à étendre sa nappe orange sur le manteau de la forêt et je suis impuissante, redoutant d'entendre des pas dans le couloir, les pas de mes bourreaux.

Mon angoisse augmente d'un cran lorsque les chants gagnent en puissance. Les adeptes sont sortis du château.

En relevant la tête, je parviens à les voir par la fenêtre. Ils forment une procession. Les adultes marchent en tête, portant chacun une torche. Puis viennent les enfants, paumes ouvertes vers le ciel. Ils se dirigent vers la statue du Maître Céleste.

Leurs chants s'intensifient encore. La forêt environnante se mue en une immense caisse de résonance. Chaque appel à Bérénice devient plus inquiétant que le précédent et finit par atteindre son paroxysme.

La procession des fidèles tourne autour de la statue à pas lents, mécaniques. Les adultes ont fiché leurs torches en terre et, comme les enfants, ils tendent les bras dans sa direction.

Je ne connais pas ces gens et, si leur sort me touche, les risques qu'ils courent me semblent presque irréels.

Ceux que courent Georgette, Émile et Orion, par contre, me donnent une furieuse envie de réagir. Je voudrais leur crier qu'ils se dirigent droit vers la mort mais je sais que, même si je parvenais à me faire entendre, ils ne m'écouteraient pas. À leurs yeux, ce serait moi qui aurais perdu la raison. Le plus fou est toujours celui qui ne pense pas comme tout le monde.

La procession s'aligne enfin face à la statue.

Une musique étrange se glisse dans la cour, épouse le chant des adeptes pour l'étouffer peu à peu. On la croirait échappée du fond de l'Univers.

Encadré par deux aides – je reconnais ceux qui m'ont capturée bien qu'ils aient troqué leurs treillis contre des tuniques bleues –, le Maître Céleste apparaît.

Une véritable transe parcourt le groupe des fidèles. Tous tendent les bras vers lui. Certains poussent des cris de joie. D'autres, en pleine extase, pleurent.

D'un geste de la main, le Maître Céleste coupe court à ces manifestations d'enthousiasme. La musique cesse aussitôt. Le silence est impressionnant.

– Mes très chers frères et sœurs de Bérénice, commence le Maître d'une voix grave, l'heure du grand voyage est arrivée. Les astres m'ont parlé. La divine Bérénice nous aime et nous appelle à la rejoindre. Elle a donné le signal plus tôt que je ne le pensais. La voici prête à nous accueillir dans sa chevelure nourricière. La route sidérale vers l'extase et le bonheur éternel s'ouvre à nous. Une joie infinie entre dans nos cœurs et, rassasiés de bonheur, nous allons abandonner nos enveloppes corporelles sur cette planète agonisante. L'espace s'offre à nos âmes, la voie astrale est tracée et nous allons emprunter son chemin stellaire pour gagner la félicité absolue...

Le Maître Céleste poursuit son prêche. Sa voix semble venir de partout et de nulle part et son écho se répercute dans le château. L'effet est extraordinaire et a quelque chose d'envoûtant...

La musique renaît lentement. Sirupeuse, sournoise, elle donne aux paroles du Maître une force qui me fait frissonner. Les adeptes tanguent sur place en suivant les effets de manche de leur chef spirituel dont la voix se charge de trémolos. J'ai l'impression que des fils invisibles les relient aux mains de cet homme horrible. Ce ne sont plus que des marionnettes sans volonté.

J'observe Orion de longues minutes et je souffre de le voir ainsi. Je comprends maintenant la cause de ses propos incohérents. Il va mourir sans s'en apercevoir...

L'évocation de la mort me ramène à la réalité. Moi-même, je commençais à être hypnotisée. C'est impossible ! Je ne peux pas mourir sans réagir. Papa, maman ! Il faut que je m'échappe...

Je regarde autour de moi. Rien ! Il n'y a rien dans cette pièce ! Absolument rien à part une dizaine de cédéroms empilés sur le bord du bureau. Des cédéroms ! Si je pouvais...

Je m'allonge, m'étire, me contorsionne autant que possible. Mes liens me blessent, mais je veux ignorer la souffrance. Plus question de m'économiser. Mon pied droit effleure enfin le meuble. Je le remonte. J'atteins le bord du bureau, donne un petit coup. La pile a tremblé.

Je redouble d'efforts et, enfin, deux ou trois disques tombent par terre. Ils roulent sur la tranche, hésitent sur la direction à prendre. À mon grand soulagement, l'un d'eux s'arrête à portée de mon pied. Je l'attire vers moi et je parviens à le prendre entre mes dents. Là, je serre le plus fort possible, en espérant ne pas me blesser.

Le plastique résiste. J'insiste, il cède et les morceaux tombent sur le sol.

Je parviens à en saisir un. Lentement, trop lentement, la peur d'entendre des pas dans le couloir fichée en plein cœur, je réussis à couper mes liens.

Je me précipite vers la porte mais elle est bâtie trop solidement pour que je parvienne à la forcer.

Je me tourne alors vers l'ordinateur. Avec un peu de chance, je pourrai appeler au secours...

Je ne vais pas bien loin. Un mot de passe protège cet engin de malheur.

Il ne me reste qu'une solution : la fenêtre. Je m'en approche.

Le Maître Céleste a terminé son discours et a rejoint son trône. La musique s'est muée en une mélopée obsédante.

Les adeptes sont agenouillés. Ils fument ces étranges cigarettes, enfants compris, comme tout à l'heure. L'odeur enivrante me parvient.

Un des aides apporte une large coupe au Maître Céleste qui la présente avec des gestes solennels. Il se tourne vers les adeptes et la lève au-dessus de sa tête.

La musique diminue d'intensité. Il prend la parole mais je comprends seulement le mot « Bérénice » qui revient sans cesse.

Il porte la coupe à sa bouche. Ses lèvres l'effleurent. Je suis certaine qu'il n'en avale pas une goutte !

Un aide lui passe un linge sur la bouche, puis il prononce quelques incantations avant de se diriger vers le premier adepte. La musique reprend, toujours aussi envoûtante. L'adepte se lève, pose sa cigarette à terre, saisit la coupe d'un geste incertain, la porte à ses lèvres et boit plusieurs gorgées. Enfin, sous le regard du Maître Céleste, il la tend à sa voisine.

J'en ai assez vu. Il faut que je m'évade maintenant. Je vérifie que ni le Maître Céleste ni les gardes ne regardent dans ma direction et j'ouvre la fenêtre sans faire de bruit.

Le sol me paraît horriblement loin. Une corniche passe sous la fenêtre mais elle s'interrompt très vite à droite.

À gauche, par contre, elle mène à deux autres fenêtres. J'espère pouvoir en ouvrir une. Sinon, plus loin, à l'angle du bâtiment, il y a une gouttière... à condition de ne pas me faire repérer avant.

Je jette un nouveau coup d'œil en direction de la secte. Les fidèles sont trop occupés et seuls le Maître Céleste et ses deux assistants pourraient me surprendre.

Je pose un pied prudent sur la corniche. Mon cœur s'affole mais, ouf, ça va ! Elle est solide. Je lâche ma première prise et je saisis la pierre plus loin, accrochant mes ongles à la moindre aspérité. Je place mon deuxième pied sur la corniche et, petit à petit, j'atteins la première fenêtre.

Pas de chance, elle est fermée !

Je repars. La deuxième fenêtre l'est aussi. Il me reste la gouttière. De temps en temps, je jette un œil aux adeptes, mais ils ne font pas du tout attention à moi.

Et c'est le drame. Au moment de saisir la gouttière, ma main glisse et je perds l'équilibre. Je tente de me retenir au mur, mais je tombe et j'atterris lourdement dans le massif d'hortensias qui se trouve au pied du mur.

Quel choc ! Je reste abasourdie quelques instants. Ma cheville droite me fait mal et j'ai peur que le bruit de ma dégringolade ait alerté quelqu'un. Je me redresse.

Personne ne s'est rendu compte de rien. Les adeptes sont maintenant assis en tailleur, le regard perdu dans le vague, et chantent une mélopée sinistre qui accompagne la musique. Le Maître Céleste pose la coupe sur un autel et l'emplit de nouveau. Puis il étend les mains et invite la foule des fidèles à se lever.

En passant derrière les hortensias, je devrais réussir à filer. Je me lève en étouffant un cri de douleur. Ma cheville me fait affreusement souffrir. Je respire profondément, puis j'essaie de progresser en m'appuyant sur le mur. Finalement, le cœur noyé d'angoisse, je m'immobilise dans le massif d'hortensias.

La cérémonie se poursuit et la coupe recommence à tourner. Le Maître Céleste ne la porte jamais à ses lèvres. Par contre, il veille à ce que chacun des adeptes y boive. Pire, quand l'un d'eux paraît hésiter, il place une main ferme sur sa nuque et le force.

L'effet ne se fait pas attendre. Une ou deux minutes après avoir ingurgité le breuvage, les disciples s'effondrent. Terrorisée, je vois Émile tomber face contre terre, comme un arbre qu'on abat. Il a quelques soubresauts puis il se fige. Georgette n'a pas fait un geste pour le secourir, elle subit bientôt le même sort.

Arrive le tour d'Orion. Je vais hurler, mais ma gorge se noue. L'enfant semble résister. Je l'encourage par la pensée. En vain. Il boit et, peu après, glisse sur le sol à son tour.

Les premières ombres de la nuit et les lueurs finissantes des torches rendent la scène encore plus stupéfiante. Le poison est d'une efficacité redoutable.

Je pleure en silence, me maudissant d'être la spectatrice impuissante d'un massacre. Je ne m'en remettrai jamais, même si je sauve ma vie.

Le dernier adepte s'écroule et, à l'instant où la musique s'arrête, au deuxième étage, une lumière attire mon regard.

La pièce où j'étais enfermée s'est éclairée. Un des hommes apparaît à la fenêtre.

– Maître ! La gamine n'est plus là !

– Comment ça ?

– La pièce est vide !

– Allez chercher les chiens et retrouvez-la ! Elle aussi doit être du grand voyage…

Je suis perdue.

Les molosses bondissent droit sur les hortensias, c'est-à-dire droit sur moi. Je ferme les yeux et je crie.

Soudain, deux coups de feu claquent. Je rouvre les yeux. Les chiens gisent à terre à quelques mètres de mon refuge.

Une multitude d'ombres jaillissent de la nuit et envahissent la cour. Le Maître Céleste se fige une fraction de seconde puis il se précipite vers le château. Les ombres, ce sont des hommes vêtus de noir, casqués, armés. Je m'affole lorsque, enfin, je les identifie : ce sont des gendarmes mobiles ! Certains se lancent à la poursuite du Maître Céleste et de ses sbires. D'autres se précipitent vers les corps allongés par terre et se penchent sur eux ou fouillent les alentours.

Je m'apprête à appeler au secours quand des éclairs bleus illuminent le chemin. Des sirènes d'ambulances retentissent.

ÉPILOGUE

– Là ! Tu seras bien ici.

Paul vient de m'installer dans le fauteuil du salon. J'ai une double fracture ! Je m'en fais presque une gloire mais qu'est-ce que j'ai souffert hier soir !

Ma cheville plâtrée repose sur un petit banc recouvert d'un coussin. C'est vrai que je suis bien, même si les vacances sont en partie fichues. Finies les grandes balades à pied ou à vélo !

Après toutes les émotions de la veille, j'apprécie ce retour au calme. Je suis passée à deux doigts de la mort et ce cauchemar continue à me hanter.

Mamy non plus n'est pas remise. Pourtant, j'ai frotté le bout de mon nez sur sa joue. En vain. Elle a toujours un mouchoir en main et les yeux rouges. Elle a certainement eu encore plus peur que moi. J'étais prise dans le feu de l'action tandis qu'elle était prisonnière de son imagination, qui n'a pas manqué de lui offrir le pire.

– Allez ! C'est terminé, la rassure Paul en la prenant dans ses bras. Je me demandais comment j'allais me débrouiller pour que Justine tienne en place à la pêche. Je n'ai plus à m'en faire. Avec sa cheville plâtrée, elle devra apprendre la patience...

Paul se tourne vers moi et me sourit. Je lui rends son sourire, chavirée de tendresse. J'ai un grand-père merveilleux et je mesure ma chance. Cela dit, il fait le fier maintenant, mais je sais que l'aventure l'a autant bouleversé que Mamy.

Papa et maman vont bientôt arriver. Leurs patrons leur ont donné quelques jours de vacances pour venir me voir. Jules les accompagne. Cher Jules ! Quelle dette j'ai envers lui !

Un moteur diesel ronronne dans la rue. Paul se penche par la fenêtre et annonce :

– Les gendarmes !

Je frissonne à nouveau alors que je n'ai rien à redouter de leur part, au contraire. Paul avance à leur rencontre et les invite à entrer.

Les gendarmes retirent leur képi.

– Madame, mademoiselle.

Mamy retient un sanglot et souffle :

– Bonjour, messieurs... Merci, merci mille fois ! Sans vous...

Le plus âgé replace son képi sur sa tête et lève une main pour protester.

– Nous n'avons fait que notre travail. Ce sont nos collègues gendarmes mobiles qui sont intervenus. Nous avons juste accompagné l'opération.

– Asseyez-vous, les prie Paul.

Les gendarmes prennent place, un large sourire aux lèvres.

– Ce n'est pas de refus. On n'a vraiment pas beaucoup dormi cette nuit et la fatigue commence à se faire sentir...

– Comment vos fameux gendarmes mobiles ont-ils réussi à mettre en place cette opération aussi vite ? interroge Paul.

– En fait, l'intervention était prête. L'enquête sur le vol puis l'agression dont votre voisine a été victime nous a rapidement menés vers la secte du Grand Temple de Bérénice. La jeune journaliste avait déjà découvert et consigné beaucoup de choses. Nous avons consulté le dossier qu'elle avait eu la prudence de déposer au journal et le site Internet a fini de nous renseigner… Tiens, à ce propos, elle va nettement mieux ! Son rétablissement n'est plus qu'une question de jours. Ce matin, elle a sans doute découvert son enquête publiée à la une de son quotidien. Un fameux scoop ! Rien de tel pour la remettre sur pied !

Le gendarme sort alors le journal du jour de sa sacoche.

Un gros titre barre la une :

SECTE DU TEMPLE DE BÉRÉNICE

Le grand maître sous les verrous,
les adeptes sauvés de justesse.

Une photo l'illustre : le château et la statue, avec la Sauldre à ses pieds.

Il l'ouvre et nous découvrons ce titre :

LE GRAND TEMPLE DE BÉRÉNICE

Une secte à notre porte.

– Il y a un article qui raconte l'intervention d'hier soir, explique le gendarme, suivi de l'enquête de la journaliste. Elle y détaille le fonctionnement de la secte. Comme quoi le journalisme d'investigation aide à faire éclater la vérité.

Paul prend le quotidien et survole l'article. Le gendarme poursuit :

– En parlant de journal, un autre a joué un rôle primordial : le tien, Justine !

– On ne savait pas où tu étais passée, renchérit Paul en levant le nez. Ce n'est pourtant pas faute de t'avoir cherchée ! Si tu n'avais pas communiqué ton journal à Jules et s'il ne nous avait pas téléphoné pour avoir de tes nouvelles après avoir vu le reportage de France 2…

– Vous ne nous auriez pas avertis et nous serions sans doute intervenus trop tard, poursuit le premier gendarme.

– Votre coup de fil a sauvé de nombreuses vies, complète le deuxième. Nos collègues et le SAMU sont arrivés à temps pour secourir les victimes. Une demi-heure plus tard et on ne pouvait plus rien pour elles…

– Ni pour moi…

– Ni pour toi…

Les gendarmes expliquent alors que, loin d'être terminée, l'enquête se poursuit. Ils pensent que le Maître Céleste est en réalité un escroc de grande envergure qui dépouillait ses adeptes de leurs biens. Il comptait faire passer leur mort pour un suicide collectif, et partir vivre tranquillement de la colossale fortune ainsi amassée.

Le soleil de juillet écrase le Val de Loire mais, à l'intérieur de l'hôpital climatisé, nous ne ressentons pas ses effets.

Nous irons voir Cendrine puis Émile et Georgette tout à l'heure.

Je suis dans mon fauteuil roulant, Jules à mes côtés, près du lit d'Orion. Les grandes personnes nous ont laissés seuls.

Il est couché dans des draps blancs. Il ne porte plus sa tunique bleue, mais son crâne rasé lui confère toujours une certaine étrangeté. Je tiens sa petite main toute blanche dans la mienne. Son visage est terriblement pâle et de grands cernes dévorent la brillance de son regard. Je lui propose :

– Quand tu iras mieux, tu viendras en vacances chez mes grands-parents. Je t'emmènerai à la pêche…

Pour la première fois, Orion m'adresse un vrai et franc sourire. Je souris aussi.

– Et tu me donneras des gardons ? me demande-t-il d'un ton très sérieux.

Tout est à reprendre à zéro ! Il faudra du temps pour qu'il réapprenne à vivre normalement…

LES AUTEURS

Roger Judenne et **Philippe Barbeau** habitent l'un en Beauce, l'autre en Franche-Comté. Ils partagent amitié, écriture et goût pour la tolérance. De telles affinités ne pouvaient que les amener à travailler en commun.
Roger fut à l'origine du roman et proposa un premier chapitre à Philippe qui, à partir de celui-ci, imagina les grandes lignes d'une histoire qu'ils retravaillèrent ensemble. Philippe réécrivit alors le premier chapitre en fonction des nouvelles données et en créa un deuxième. Roger retravailla le tout et écrivit les troisième et quatrième chapitres et les allers et retours se poursuivirent...

DANS LA MÊME COLLECTiON

Un automne rouge sang, Paul Thiès
Carton rouge ou mort subite, P. Barbeau/R. Judenne
Le château de tous les dangers, P. Barbeau/R. Judenne
Crime d'auteur, Jacques Asklund
Derrière les volets, Éléonore Cannone
L'écrivain mystère, Stéphane Daniel
Un été bleu cauchemar, Paul Thiès
Un fantôme au pensionnat, Thomas Brezina
Un hiver blanc frisson, Paul Thiès
Léo a disparu, Roselyne Bertin
L'ours sort ses griffes, Jean Alessandrini
Panique aux urgences, Aubert & Cavali
Panique sur le télésiège, Thomas Brezina
Un printemps vert panique, Paul Thiès
Les secrets d'une voleuse, Éléonore Cannone

Achevé d'imprimer en France en septembre 2014
sur les presses de Jouve
Dépôt légal : septembre 2008
N° d'édition : 6193 - 02
N° d'impression : 2167706C